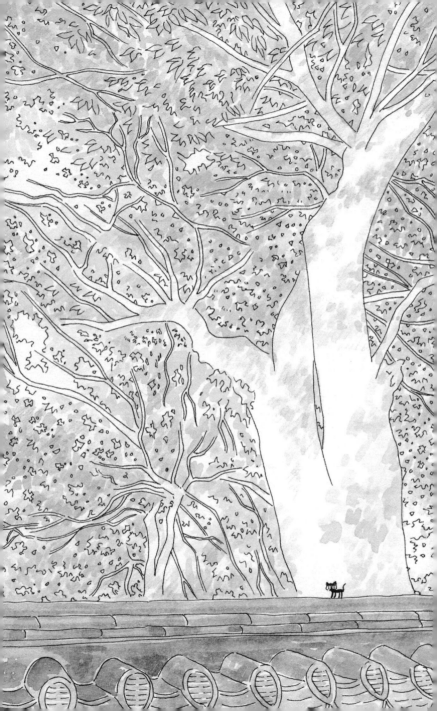

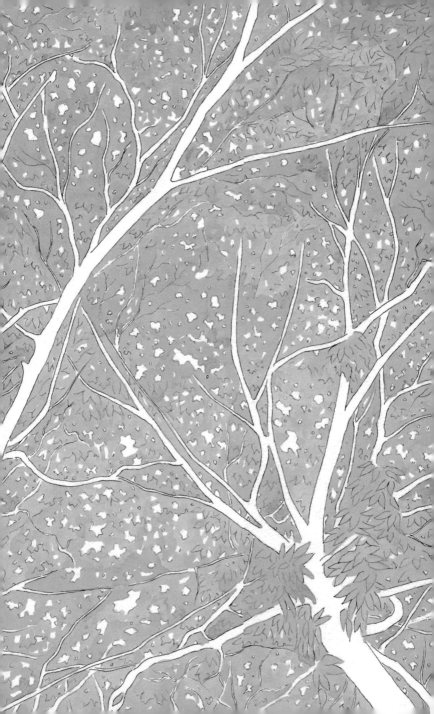

하늘이 멋져

오늘은 조퇴

하늘이 멋져 오늘은 조퇴

쥬드 프라이데이 에세이

MAL LANG

당신의

오늘은 어떤가요?

어떤

하루를 보냈나요?

어떤 모습의 행운

대학을 졸업하고 〈청연〉이라는 영화에 조연출로 참여했다. 맡은 일은 연출부와 미술팀, 소품팀을 연결하고 현장에서 콘티를 그리는 것이었다. 고등학교 시절부터 꿈꾼 대단히 멋진 일이었다. 연출부에 합류한 사람 중에 이전 작품이 엎어지지 않은 사람은 나밖에 없었으니, 꽤 쉽게 충무로 영화판에 끼어든 편이었다.

어떤 영화가 기획되어 영화사에서 "고go!"를 외치면 먼저 제작부와 연출부를 모집해 판을 짠다. 이 과정을 '프리 프로덕션'이라고 하는데, 이때 제작에 필요한 돈을 투자받아야 영화가 만들어진다. 그렇지 못하면 제작부와 연출부는 몇 개월을 일했든 돈 한 푼 받지 못하고 사무실을 나와야 했다. 처음으로 연출부에 이력서를 낸 작품이 이미 투자를 받은 제작비 100억대의 작품이었으니, 나는 누가 봐도 운이 좋은 편이었다. 하지만 운이 좋다는 말을 하려면 이야기의 끝을 봐야 한다.

중국 촬영을 마치고 서울에 돌아왔을 때, 통장에는 몇만 원이 전부였고 당장 잘 곳도 없었다. 해외 촬영 일정이 예상보다 두 배 이상 늘어난 탓에 여자 친구와도 이미 소원해진 상태였다. 무엇보다 나는 지쳐 있었다. 춥고 배가 고팠다.

세상에는 두 가지 일이 있다. 돈이 되는 일과 그렇지 않은 일. 직업을 선택할 때는 그것이 돈이 되는지 아닌지 신중하게 따져봐야 한다. 까딱하다가는 굶게 되거나 여자 친구를 잃게 된다. 더 심각한 사실은, 대부분 자신의 결정이 어떤 결과를 가져올지 모르다가 그 두 가지를 동시에 겪고서야 정신을 차린다는 점이다. 다행인지 불행인지, 나 역시 그런 이유로 정신을 차렸고 결국 취직을 했다. 당시 내 계획은 일단 취직을 해서 추위와 배고픔을 피한 후에, 시나리오를 준비해 투자를 받고 영화감독으로 데뷔하는 것이었다. 현장에서 함께 일했던 선배들도 다들 그쪽 길을 권유했다. 부모님은 취직을 전제로 전셋값 대출을 약속했다.

구직 활동을 시작하고 얼마 뒤, 여의도 KBS 지하 맨 안쪽 편집실이 내 자리가 되었다. 지난 프로그램을 재편집하고 광고를 붙여 DMB로 송출하는 일을 맡았다. 더는 바랄 것이 없었다. 편성표와 광고는 메일로 왔고, 프로그램 편집을 완성하면 네트워크로 서버에 저장하면 됐다. 방송 사고를 치지 않은 한, 전화도 걸려오지 않아서 온종일 한마디도 할 필요가 없었다. 주말에 일하면 평일에 쉬고, 야근을 하면 다음 날 늦게 출근할 수 있었다. 명절에 일하면 식비와 특근비가 나왔고, (도무지 무슨 성과를 냈는지 모르겠지만) 연말에는 성과급도 나왔다. 일하고 남은 시간에는 시나리오를 썼다. 6년 동안 쓴 각본이 단 한 편도 영화화되지 않았으니, 직장을 얻은 것은 정말 잘한 선택이었다. 함께 일했던 거의 모든 동료 스태프도 그렇게 말했다.

영화 〈엘 마리아치〉의 감독 로버트 로드리게스는 학생들에게 닥치는 대로 찍고 디지털 편집을 배우라고 권유했다. 아날로그 방식의 영화 카메라에 필름을 끼우는 일은 눈 감고도 할 수 있었지만, 내가 돈을 버는 데는 별로 도움이 되지 않았다. 디지털 편집을 배워둔 것은 정말 잘한 일이었다. 매달 같은 날짜에 먹고살 만큼의 월급이 들어오는 직업을 가질 수 있었으니 말이다.

1년 반 동안 영화 현장에서 번 돈은 총 300만 원 정도였다. 12개월로 쪼개면 대략 월 25만 원을 받고 일한 셈이다. 그런데도 나는 운이 좋은 편에 속했다. 적어도 돈을 받았고, 그 영화는 개봉해 내 경력이 되었으니까. 그 바닥에는 그마저도 누리지 못한 사람이 훨씬 많았으니까.

아침 프로그램 편집을 마친 후 점심을 먹고 나면 여의도공원을 한 바퀴 돌았다. 날씨가 좋으면 한강을 보러 나갔다. 한강을 보고 여의도공원까지 돌면 한 시간 반이 걸렸지만, 늘 한 시간 일찍 출근했으므로 그 정도는 괜찮았다. 그러고 나면 남은 일과는 오늘 날씨와 주가, 환율을 알려주는 스폿 뉴스를 하나 만들고, 오전에 한 일과 같은 방식으로 프로그램을 하나 더 재편집하는 것뿐이었다. 퇴근 시간은 6시지만 5시면 일은 끝났다. 아무도 보는 사람이 없었기 때문에 그냥 퇴근해도 상관없었지만, 나는 그렇게 막돼먹은 인간이 아니어서 여의도공원을 한 바퀴 더 돌았다. 그러다 6시가 되면 걸어서 집으로 돌아갔다. 회사에서 신풍역에 있는 집까지는 도보로 한 시간 10분이 걸렸다. 걷기에 적당한 거리였다.

저녁 날씨가 좋은 날은 더 천천히 걸었다. 해 질 녘에 불어오는 따뜻하고 부드러운 바람이 머리칼을 흔들면 기분이 좋았다. 시나리오가 계속 퇴짜를 맞고 있었지만, 당장 먹고사는 데는 큰 걱정이 없어서 어쩌면 계속 이렇게 살게 될지도 모른다는 생각을 했다. 그것도 그런대로 나쁘지 않았으나 역시 무언가 허전한 마음이 들었다. 하고 싶은 일을 하지 못했을 때 생기는 답답함 같은 것이었다.

이때쯤 내 행운에 대해 의문이 생기기 시작했다. 나는 정말 운이 좋은 것일까? 이렇게 열심히 글을 쓰는데 왜 난 여기에 멍청히 서 있는 것일까? 아무도 보지 않는, 영화가 되지 않는 시나리오를 왜 계속 쓰는 것일까?

시간은 기억을 미화시키는 버릇이 있어 지금 돌이켜보면 그때의 나도 봐줄 만했다 싶지만, 사실 당시의 나는 우울하기 짝이 없었다. 몇 년간 땅을 팠는데 여전히 물을 발견하지 못한 기분이랄까.

마지막 시나리오를 돌려받은 후에는 한동안 글을 쓰지 않았다. 글을 쓰지 않으니 시간이 더 많이 남아 더 많이 걸었다. 그림에 다시 손을 댄 것은 그즈음부터였다. 그림을 그리다 보니 복잡한 마음이 안정됐다. 어지러운 마음을 갈아 만든 잉크로 선을 뽑아내는 기분이었다. 그림을 그리면서 어깨도 조금은 가벼워졌다. 걸어서 출근하고, 일을 하고, 걸어서 집에 돌아온 후에는 잠들기 전까지 그림을 그렸다. 완성이 되면 블로그에 올렸다. 누군가 내 그림을 봐주고 댓글을 달아준다는 것이 기쁘고 즐거웠다. 시나리오를 쓸 때는 보여줄 사람이 없어 외로웠던 걸까? 예전에 그림을 그릴 때는 그렇게 즐겁지 않았는데…….

그림을 그릴 줄 알아 다행이라고 생각했다. 역시 나는 운이 좋은 편인 것 같았다. 그림에 몰두한 덕분에 영화를 한동안 잊게 되었다. 물론 아쉬운 마음이야 남았지만, 그것도 인생이라고 생각했다. '괜찮아, 인생이야'라고 생각하며 한 번 피식 웃고 나니, 그다음부터는 조금 더 자주 웃을 수 있었다. 그때, 소설 《노인과 바다》 속 한 구절이 떠올랐다. 그 후, 일이 풀리지 않을 때마다 그 부분을 상기했다. 그러면 또 한 번 피식 웃고, 다시 걸을 수 있었다.

쓸데없는 생각은 하지 말자, 하고 노인은 생각했다. 행운의 여신이란 여러 모습으로 나타나는 법인데 누가 그것을 알아본단 말인가? 어쨌든 어떤 모습의 행운이라도 얼마쯤 손에 넣고 그것이 요구하는 대로 값을 치를 테야.

_《노인과 바다》(어니스트 헤밍웨이 지음, 김욱동 옮김, 민음사)

차례

1

시
작
하
는

마
음

여행의 시작

2011년 초여름의 금요일 저녁이었다. 퇴근 후, 집 앞의 슈퍼마켓에서 산 캔 맥주를 마시며 텔레비전을 보고 있는데 모르는 번호로 전화가 왔다. 전화 속 사람은 내게 쥬드 프라이데이 작가님이냐고 물었다. 이제 와 생각해보니, 아마도 누군가가 나를 처음 '작가'라고 불러준 순간이었던 것 같다. 전화를 건 사람은 네이버 웹툰 담당자였다. 그 당시 나는 8개월째 네이버 웹툰의 '도전 만화'에 〈길에서 만나다〉를 연재하고 있었다. 담당자는 정식으로 연재할 생각이 있느냐고 물었다. 얼굴이 화끈거리고 가슴이 뛰기 시작했다. 물론 하고 싶다고 말했다. 그 뒤로도 통화는 계속 이어졌지만, 내용이 전혀 기억나지 않는 것을 보니 분명 아무것도 들리지 않았던 것 같다. "자세한 건 메일로 드릴게요"라는 말을 기다렸다가 전화를 끊었다. 좀처럼 흥분이 가라앉지 않았다. 신기했다. 정말 신기했다.

만화가가 되어야겠다는 야망을 품고 도전한 것은 아니었다. 다만, 10년 정도 매주 만화를 올리다 보면 은퇴 후에는 만화가가 될 수 있을지도 모른다는 기대는 있었다. 20대가 된 후로 이렇다 할 성과를 내본 적이 없어서 그렇게 막연하게 생각했는지도 모르겠다. 거절에 익숙해져 있던 계절이었다.

전화를 끊고 춤을 추었다. 맥주 반 캔에 취해서였는지, 신난 기분에 취해서였는지는 모르겠지만 정말 땀이 나도록 춤을 추었다. 창문을 여니 신선한 바람이 불고 있었다. 무겁고 습한 공기만 가득했던 계절이 바람에 밀려 멀어지고 있었다.

다시 무언가가 생겨나는 듯한 기분이었다.

새로운 여행의 시작이었다.

자신을 지켜가는 일

중학교 때의 일이다. 연습장에 그린 만화를 보고 한 친구가 대단하다고 말해줬다. 그게 시작이었을 것이다. 그때부터 수업 시간에 만화를 그렸다. 쉬는 시간이 되면 그 친구는 내 그림을 보며 칭찬해주었다. 그는 스토리도 써보는 게 어떻겠냐고 제안했다. 그 당시의 나는 일본 애니메이션에 반해 있었기 때문에, 〈기동전사 건담〉 같은 내용을 썼다. 그것을 보고도 친구는 나를 추어올렸다. 우리는 곧 무리가 되었고, 몰려다니며 만화에 관한 이야기를 나눴다.

중학교 내내 친구들에게 보여줄 이런저런 스토리를 쓰고 만화를 그렸다. 미술 선생님은 내가 그림에 소질을 보인다며 방과 후에 석고 데생을 시켰다. 시에서 열리는 실기대회에도 몇 번인가 참가했다. 대단한 상을 받지는 못했지만, 무언가 특별한 것을 하는 듯한 기분이 꽤 좋았다.

친구들의 권유로 어느 순정만화 잡지의 신인 작가 공모전에 도전했다. 그 당시에는 만화가가 되려면 프로 작가의 문하생이 되어 몇 년간 수련한 후 데뷔하거나, 공모전에서 수상해야 했다. 만화용 원고용지라는 것도, 스크린톤이라는 것도, 제도용 잉크라는 것도 그때 처음 사봤다. 학생들의 연애 스토리도 썼다. 집에서 그리는 것은 불가능해, 주로 도서관을 이용했다. 처음 만드는 원고라 그야말로 엉터리였지만, 친구들은 모두 중학생이 이런 것을 완성하다니 대단하다며 나를 응원하고 격려해주었다. 그런 좋은 친구들을 만난 것은 대단히 큰 행운이었다.

무언가에 도전하고 싶다면, 이제 막 무언가를 시작했다면, 가장 사랑하는 친구에게 당신의 처음을 보여주기를 권한다. 물론, 당신은 객관적인 눈으로 봐줄, 그러니까 재능이 있는지 평가해줄 전문가에게 그것을 보여주고 조언을 얻고 싶겠지만, 글쎄…… 내 생각은 좀 다르다. 프로는 프로의 눈으로 평가한다. 그래서 말 한마디로 당신을 무너뜨릴 것이다. 그리고 당신은 이제 막 시작한 그림을, 글을, 노래를 휴지통에 집어 던지겠지.

당신의 재능은 이제 막 심긴 묘목과 같다. 거친 바람에 쓰러질 수 있고, 마른 땅에서 시들어 죽을 수 있는 그런 작은 나무 말이다. 무언가 하고 싶은 일을 발견했을 때, 당신이 가장 먼저 해야 할 일은 자신을 지켜가는 것이다. 아기처럼 소중하게 가꾸고 스스로 설 수 있을 때까지 돌봐야 한다. 당신을 사랑하는 친구는 그 나무를 함께 지켜줄 것이다. 객관적인 평가는 나중에 해도 늦지 않다.

"

꿈이라는 게 있다면,

세상에 꿈이라는 것이 있다면,

내가 저 일을 할 수 있게 되는 걸

바로 꿈이라고 부를 수 있지 않을까 생각했지.

그래서 주먹을 쥐었지.

그래, 한번 해보자.

성취감의 함정

처음 스크린톤을 사러 갔을 때가 아직도 기억에 선명하다. 친구와 함께 춘천시에서 유일한 미술 재료 전문점에 들어갔다. 주머니에는 2만 원 남짓한 돈밖에 없었다. 스크린톤은 원고에 명암을 주고 장식을 할 수 있는 일종의 스티커로 한 장에 2,500원이었다. 나의 아쉬운 표정을 본 친구는 내가 산 것만큼의 스크린톤을 선물해줬다. 그는 나의 첫 투자자인 셈이었다. 난 그것으로 내 첫 단편만화 〈아침〉을 완성했다. 춘천시립도서관에서 한 소년이 한 소녀를 만나 짝사랑을 시작하는 내용이었다. 중간고사를 앞둔 시기였지만 우편 마감을 맞추는 것이 더 중요했다. 시간이 없어 사본도 남기지 않고 원고 원본을 잡지사로 보냈다. 제대로 도착했는지조차 알 수 없었다. 물론, 돌려주지도 않았다. 누군가 내 첫 원고를 보기는 했을까? 그것은 알 수 없었지만, 내 안에는 결과와 상관없이 무언가를 완성했다는 성취감이 남았다.

무언가를 처음으로 완성했을 때의 기분, 중간에 포기하지 않고 끝까지 해냈다는 자부심 그리고 또다시 해낼 수 있을 거라는 자신감. 그 경험은 살아가는 내내 응원과 위로가 되었다. 그런 마음으로 영화판에 뛰어들었고 계속 시나리오를 썼다. 이번에도 해낼 수 있을 거라고 생각했다.

그렇게 서른을 훌쩍 넘기고 나서야, 과거의 성공적인 경험이 늘 도움이 되지는 않는다는 것을 깨달았다. 만약 중학교 때 원고를 끝내지 못했다면, 중간에 포기했다면 어땠을까. 그 경험을 토대로 지금의 자신에게 조금 덜 실망했을까? 꿈을 중간에 포기한 지금의 나를 조금 덜 부끄러워하게 됐을까? 모르겠다. 그 대신, '지나친 성취감의 함정'이 무엇인지는 알게 되었다.

네버엔딩 스토리

오디션 프로그램에 지원하는 가수 지망자에게 필요한 요건은 역시 노래를 잘 부르는 것이다. 말해 무엇하랴. 문제는 이세상에 노래를 잘하는 사람이 너무 많다는 것이다. 〈K팝스타〉의 오랜 팬으로서, 지원자를 관찰하고 응원하며 느낀 점은 소질만큼이나 선곡이 중요하다는 것이다. 많은 사람과 경쟁해서 이기려면 자신의 장점을 극대화해 보여줄 수 있는 곡을 선택하는 또 다른 재능이 필요하다. 어떤 음악이 자신에게 어울리는지 아닌지를 눈치챌 수 있어야 한다. 이런 자질은 가수 지망자가 월드 투어를 다니는 가수가 된 후에도, 배우 지망자가 톱스타가 된 후에도, 영화감독 지망자가 칸에서 상을 받는 감독이 된 후에도 계속 유지되어야 한다. 운이 좋아서 어찌어찌 경력을 시작했다 하더라도, 전생에 나라를 구해 하늘의 축복을 받지 않고서야 그런 행운을 계속 유지하기는 무척 어렵다. 그래서 수많은 스타가 대중들에게서 잊히고 사라진다.

시간이 흐르면 유행은 변한다. 더는 이전의 것이 세련되게 보이지 않기 때문이겠지. 그래서 영리한 배우는 바로 지금의 자신을 가장 멋지게 보여줄 수 있는 시나리오를 끊임없이 탐색한다. 가수는 당연히 그런 노래를 찾아야 하고.

생각해봤는데, 진정한 행운은 끊임없이 자신을 찾아가는 여행을 하는 자에게 찾아오는 것 같다. 똑똑한 누군가는 더 빨리 자신을 찾을 테고 나 같은 바보는 한참 더 시간이 걸리겠지만, 속도가 중요한 것은 아니다. 나보다 영민하게 움직였던 누군가도 얼마 못 가 자신이 도착한 곳보다 훨씬 더 멀리에 진짜 자신이 있음을 발견하고 또다시 여행을 시작했다. 그러니 아직 자신을 찾지 못했다고 해서 조바심을 느낄 필요는 없다. 어차피 이 여행은 네버엔딩 스토리일 테니까.

꼭 길을 알고 있어야 앞으로 나갈 수 있는 건 아니다.

반드시 재능과 소질이 있어야만

목표를 정할 수 있는 것도 아니다.

길 위에 있다면, 일단 그 길을 걷는다.

그러다 막다른 길에 닿는다면,

뒤돌아 또 다른 길을 걸으면 된다.

노래를 불러 돈을 벌어야만 가수는 아니니까.

어떤 길을 걸어도 노래를 부를 수 있으니까.

그래, 노래를 부르자.

나는 당신이 지금 어떤 길을 걷고 있는지 궁금하지 않다.

내가 궁금한 건, 지금 그대는 노래를 부르고 있는가.

노래를 부르자.

삶은 어차피 고단하고, 쉴 새 없는 실망과 상처의 연속이다.

그러니까, 노래를 부르자.

노래를 부르자.

나쁜 기억도 즐거운 기억도, 돌아서면 그저 지나간 시간.

노래를 부르자.

다시 돌아오지 않을 시간을 겁낼 필요는 없겠지.

겁이 난다면, 더 크게 노래 부르자.

그러다 누군가,

거기 어딘가 한 사람이라도 내 노래를 들어준다면

그것도 좋겠지.

노래를 부르자.

어쨌든 삶은 계속될 테니.

< 진눈깨비 소년 >

포기할 필요가 없는 일

20대 후반, 나의 큰 관심사 중 하나는 지속 가능한 일을 하는 것이었다. 계속할 수 있는 일. 회사에서 쫓겨날 리 없고, 힘이 들어 그만둘 필요도 없으며, 많은 돈을 투자하지 않아도 되는 일. 시간과 에너지를 모두 쏟아부을 수 있고 죽는 순간까지 계속할 수 있는 일. 다시 말해 '포기할 필요가 없는 일'. 그 고민의 한가운데에서 난 다시 그림을 그리기 시작했다. 충무로로 돌아가겠다는 마음을 접고 영화사에 시나리오를 보내는 것도 그만두었다. 그 대신 그림책을 만들어 출판사에 투고했고 만화를 그려 네이버 웹툰의 '도전 만화'에 올렸다. 운이 좋았다. 생각했던 것보다 10년은 빨리 만화가가 됐으니.

지금의 내 주요 관심사도 별반 다르지 않다. 계속할 수 있는 일, 딱히 포기할 필요가 없는 일을 하는 것.

모두가 그런 일을 찾았으면 좋겠다. 포기할 필요 없이 당신의 일을 계속할 수 있기를 바란다.

"

소질이나 재능, 열정 같은 것들이

미래의 목표를 정하는 데 도움을 줄지도 모른다.

하지만 누군가에게는

그런 것보다 훨씬 더 중요하게 작용하는 것이 있다.

이를테면, '현재 나의 상황'이라든가.

<진눈깨비 소년>

나를 찾는 모험

김연아 선수를 좋아한다. 마음이 울적할 때면 유튜브에서 김연아 선수의 경기를 본다. 이미 결과를 알고 있지만, 보고 나면 여전히 뜨거운 위로와 용기를 얻는다. 고등학교 때부터 피겨스케이팅 경기를 즐겨봤는데, 그때는 우리나라에서 이런 선수가 나올 것이라고 상상도 하지 못했다.

김연아 선수는 분명 자신에게 피겨스케이팅이 잘 어울리는 일이라고 믿었을 것이다. 그렇지 않고서야 저렇게 완벽한 트리플 러츠를 보여줄 수 없다. 마치 확신이란 단어가 빙판 위에 뛰어들어 세 바퀴를 돌고 완벽하게 착지하는 것 같은 모습이다. 그녀는 자기만의 확신으로 자신을 찾았고, 그 모습으로 세계 정상에 섰다.

내게 김연아 선수는 여전히 그리고 아마도 영원히 피겨 여왕일 테지만, 분명 그녀는 피겨스케이팅이 자신의 전부라고 생각하지 않았을 것이다. 세계 정상에 선 순간에도 진정한 자신을 찾기 위해 떠난 모험에서 한 계단 올라섰을 뿐이라고 느끼지 않았을까. 따지고 보면 우리 모두 그 길 위에 서 있다.

길다면 길고 짧다면 짧은 회사 생활 중에 간신히 어울리는 일을 찾았고, 만화가가 되었다. 글을 쓰고 그림을 그리는 일은 내게 어울리는 일이다. 하지만 늘 진짜 여행은 이제부터라는 생각을 한다. 나다운 만화를 그리고, 그것을 대중에게 선보이고, 때로는 선택을 받고 때로는 비난을 받으며 과연 이것이 내가 찾는 진짜 내 모습인지 묻고 또 물으며 지도 없는 여행을 계속할 것이다. 그리고 김연아 선수 역시 지금도 여행을 하고 있겠지. 그 길에도 뜨거운 응원을 보낸다.

성인이 되면 스스로 모든 걸 선택하고 결정할 거라 생각했다.

하지만 그보다 먼저 우리는 각자에게 주어진 세계에

적응하지 않으면 안 되었다.

서 있는 것조차 힘든 거센 물살 속에서 간신히 균형을 잡으며

우리가 할 수 있는 일이라고는 결국…

뒤를 돌아보거나 혹은 그저 가만히 있거나

아니면 불안한 마음을 안고

한 발짝 앞으로 발을 내밀어보는 것.

그 정도가 우리에게 주어진 선택지였다.

< 진눈깨비 소년 >

우리라는 연결

새로운 사람을 알게 되는 과정은 늘 어색하다. 만약 내가 그 혹은 그녀에게 관심이 있다면 행동과 말은 더욱 부자연스러워진다. 아마도 상대를 둘러싼 모든 것들이 내게 함축적으로 보이기 때문일 것이다. 마치 회화나 시처럼 말이다. 처음에는 그 사람의 진면목이 보이지 않고 외모, 목소리, 행동 같은 결과만이 보인다. 그래서 우리는 쉽게 오해한다. 좋은 쪽으로든 나쁜 쪽으로든 말이다.

그런데도 우리가 용기를 내어 닫혀 있는 문에 노크하고 떨리는 마음으로 문이 열리기를 기다리는 이유는 아마도 상대와의 연결에 대한 욕망 같은 것이 있기 때문일지도 모른다. 자신을 둘러싼 세계를 벗어나 상대의 세계에 들어서려는 것은 말 그대로 모험이다. 그 모험을 통해 우리는 천천히 서로의 역사를 배운다. 그리고 그 과정에서 어떤 느낌을 받는 특정한 순간을 만나게 된다. 짧은 대화를 나누는 사이일 수도 있고, 눈빛이 마주친 찰나일 수도 있다. 같이 밥을 먹는 동안일 수도 있고, 함께 음악을 듣는 순간일 수도 있다. 눈치가 없는 사람이라 할지라도 그 순간과 그 느낌을 놓칠 리는 없다.

그와 나 사이에 아주 가느다란 선이 연결되었다는 느낌. 우리 사이에 닫힌 문이 열린 바로 그 순간, 진짜 인연은 시작되는 게 아닐까.

길 에 서 만 나 다

영원히 끝나지 않을 것 같았던 영화 〈청연〉의 촬영을 모두 마치고 집으로 돌아갔을 때, 부모님은 강경한 목소리로 이제 그만 현실을 보라고 하셨다. 나 역시 그러고 싶었다. 하지만 나는 포토샵도 못 다루는 미대 디자인과 졸업생이었고, 인턴 경험은커녕 토익 점수조차 없었다. 학교 다닐 때 무엇을 했냐고? 어니스트 헤밍웨이와 나쓰메 소세키, 오노레 드 발자크, 프랜시스 스콧 피츠제럴드, 서머싯 몸, 마틴 스코세이지, 스탠리 큐브릭, 왕가위, 닐 조던 등 지긋지긋하게 소설과 영화에 빠져 있었다.

수차례 면접 끝에 방송국에서 메이킹 필름을 만들게 되었다. 하루는 디자이너 숍에서 촬영을 하던 중 고故 장진영 씨를 만났다. 우리는 〈청연〉에서 알게 된 사이였다.
"여기서 뭐 해요?"
그 순간 말문이 막혔다. 그러게, 난 여기서 뭘 하고 있는 거지?

퇴근 후 전철을 타려던 찰나, 학교 선배에게서 VHS 테이프를 복사하는 아르바이트가 있는데 하겠냐고 묻는 전화가 왔다. 여차하면 입에도 물어야 할 만큼의 테이프를 들고 전철역을 향해 걷는데 기다렸다는 듯이 장대비가 쏟아졌다. 개찰구 앞에서 비에 젖은 테이프를 열심히 닦다 문득 고개를 들었고, 맞은편 거울에서 형편없는 내 모습을 발견했다. 우연히 장진영 씨를 만난 것을 빼면, 오후 늦게 소나기가 내린 것을 제외하면, 여자 친구에게서 헤어지자는 말을 들은 것 외에는 그저 평범한 날이었다. 이어폰에서는 토토의 노래 〈99〉가 흐르고 있었다. 비 내리는 서울 밤 풍경이 지나치게 아름다워 보여서였는지, 귀에 들리는 선율이 너무 슬퍼서였는지, 비닐봉지의 무게로 손가락이 끊어질 듯 저려서였는지, 그것도 아니면 비가 내린 탓에 습도가 너무 높아서였는지 모르겠지만 눈물을 도저히 참을 수가 없었다. 오랫동안 참고 있었던 탓일까, 몸이 울고 있었다. 처음으로, 아마도 처음으로 진짜 길을 잃었다고 느낀 건지도 몰랐다. 외로웠고 그래서 불안했다. 그런데 차가워 보여야 할 서울의 풍경만큼은 그날 밤 아주 짜증 날 정도로 따뜻하고 상냥하게 빛났다.

"젠장, 더럽게 아름답네……."

그 풍경이 마치 나를 위로하는 것 같았다. 그때까지도 서울을 그저 어색한 곳으로 생각하고 있었다. 낯선 곳에 혼자 남겨진 기분이었달까.

며칠 뒤 처음으로 남산에 올랐다. 정식으로 인사를 하고 싶었다. 잘 부탁한다고도 말하고 싶었다. 앞으로 무엇을 할지 정하지는 않았지만 당장 할 수 있는 것을 하며, 하고 싶은 것을 찾으면 된다고 생각했다. 그게 뭐든 제대로 해보겠다는 말은 사력을 다해 정면으로 싸우겠다는 다짐과 다르지 않다. 싸움이라면 설사 딱지치기라 하더라도 홈그라운드가 유리한 법이다. 나는 꽤 오랜 시간 동안 새로운 홈그라운드인 서울을 가만히 바라보다 남산에서 내려왔다. 이것이 나와 서울의 진짜 첫 만남이라고 해도 좋을 것 같다.

그 후에도 힘든 일이 있을 때마다, 고민으로 잠을 이루지 못할 때마다 서울을 지치도록 걸었다. 그리고 서울의 풍경을, 서울에서 살아가는 이야기를 그려보고 싶다는 생각을 했다. 나의 데뷔작 〈길에서 만나다〉는 그렇게 시작되었다.

"

누구에게나 처음은 있다.

누군가는 무모한 짓이라고 할지 모르지만

그걸 딛고 올라섰을 때 비로소 성장할 수 있으니까.

지금은 우리 모두의 성장소설을 시작하려는 순간이다.

< 진눈깨비 소년 >

2

지금을

아끼는

마음

어쨌든 오늘 밤 여기에

종이 위에 잉크로 그림을 그리다 보면 크고 작은 실수도 결국 그림의 한 요소가 됨을, 또 별수 없이 그것을 받아들일 수밖에 없음을 알게 된다.

오늘은 그것이 마치 우리의 삶 같다는 생각이 들어 작은 웃음이 새어 나왔다.

많은 실수를 하며 살아왔다. 하지만 어쨌든 오늘 밤은 여기에 서 있지 않은가.

"

생각했지.

어쩌면 인생은

해가 뜨기 전까지 맑을지 흐릴지 모르는,

아직은 한참 짙은

새벽의 빛깔인지도 모르겠다고.

< 굿 리스너 >

문득 떠오른 기억

별생각 없이 산책하다 보면 간혹 잊고 있던 기억이 떠오를 때가 있다. 이유는 모른다. 이런 상황이 가끔 벌어져서 다행이다 싶을 정도로, 그 순간에는 난처한 기분이 든다. 인생에 도움이 되는 사건이 아니기 때문이다. 하지만 그때마다 자연스럽게 '그래, 그런 일이 있었지' 하며 시간이 허락하는 대로 추억 속을 걸어보려 한다. 사실 그것만큼 재미있는 일도 없다. 얼굴이 빨개질 만큼 창피한 기억도, 당시에는 내 운명이 걸린 것처럼 중요하게 느껴졌던 문제에 대한 기억도 있다. 대부분은 그저 피식하는 웃음으로 날려버려도 좋을, 지나가는 바람 같은 장면들이다. 그때는 왜 그렇게 모든 게 심각했는지 모를 그런 일들. 그 순간들이 먼지처럼 모두 날아가버리지 않고 이제 와 문득 수면 위로 떠오른 이유는 아마도 나를 이루고 있는 세포 하나하나에 스며들었기 때문인 듯하다.

분명한 것은 그 작고 소소한 날의 알갱이들이 쌓이고 쌓여

지금의 나를 만들었다는 사실이다. 그러니 왜 이렇게 쓸데
없는 것을 다 기억하고 있냐며, 자신을 나무랄 필요는 없다.
나는 그 길을 지나 여기에 서 있는 것이 분명하니까.

"

자꾸 지난 기억이 떠올랐다.

기억을 돌이켜보면 단편적인 순간이지만,

사실 이 순간들은 시계 속의 톱니바퀴처럼

모두 현재와 연결되어 있다.

그래서 어디서부터 시작하든

그건 기억의 시작이 아니라 중간의 어느 지점일 수밖에 없다.

< 진눈깨비 소년 >

타임머신

초등학교 3학년 때인가, 짝이 되고 싶은 이성 세 명의 이름을 써서 제출하면 선생님이 짝을 배정해주셨다. (우리 반 남학생 전체가 1순위에 같은 이름을 썼을 거라는 데 지금도 내 전 재산을 걸 수 있다.) 나도 모두의 바람이었을 그 이름을 1순위에 적었지만, 그녀는 우리 반 전체 여학생이 1순위에 적었을 남학생과 짝이 되었다. 난 2순위에 적은 아이와 짝이 되어 그런대로 만족했다. 짝꿍은 늘 내게 상냥했고, 언제나 내 편이 되어주었다.

그해 말, 나는 춘천으로 전학했다. 그리고 얼마 뒤 1순위의 아이에게 애정 어린 편지를 받았다. 곧장 뜨거운 심장을 끄집어내 회신했지만, 그것이 친구들의 장난이었다는 사실을 알고 난생처음 현기증을 느꼈다. 그래도 그 사건을 계기로 그녀와 몇 분간 통화할 수 있었다. 그것이 전부였다. 전학한 학교에서 새로운 짝사랑에 빠졌기 때문에 과거에 연연하지 않았다.

가끔 시간 여행에 관련된 영화를 보면 과거로 돌아가는 것에 일종의 호기심이 생기기는 하지만, 막상 그럴 수 있다고 해도 다시 돌아가고 싶은 생각은 별로 없다. 아마도 과거의 사랑보다는 현재의 혹은 미래의 사랑에 더 흥미가 있기 때문일 것이다. 돌이켜보면 아름다운 부분은 사실 딱 30초 정도밖에 되지 않고 나머지는 온통 낯 뜨겁고 우울한 일들뿐이다. 다시 돌아간다고 해도 나 자신이 바뀌지 않으리라는 것을 누구보다 내가 잘 안다.

갑자기 궁금해졌다. 그때 내 짝꿍이었던 아이에게 난 1순위였을까, 2순위였을까. 아무래도 좋지만, 타임머신을 탈 수 있다면 아무래도 한 번쯤은 돌아가서 물어봐야겠다.

이 기분의 날씨

회사에 다니는 내내 여의도공원을 걷는 것을 무척 좋아했다. 하루는 당직이 있는 날이라 회사 구내식당에서 저녁을 먹고 잠시 여의도공원을 산책했다. 그날따라 가볍고 상쾌한 바람이 불었다. 황홀한 기분마저 들 정도였다. 산책을 마치고 기상청 홈페이지에 들어가 한 시간 전 여의도의 기온과 습도, 풍속을 알아내 수첩에 적었다. 그러고 나니 왠지 바보 같다는 생각도 들었다. 수첩에 적힌 온도, 습도, 풍속과 똑같은 조건 속에 나를 데려다 놓는다고 해서 이날의 기분이 드는 것은 아닐 테니까. 내가 할 수 있는 일이라고는 또 언젠가 이런 기분의 날이 찾아오기를 기다리는 수밖에 없다. 그날을 기다리며 사는 것도 그것대로 나쁘지 않은 일인 듯하다.

이름을 짓는 취미

내가 관심이 있는 것은, 대단히 멋지고 죽기 전에 꼭 가봐야 하는, 모두에게 사랑받는 그런 길이 아니다. 어제는 무심히 지나쳤지만, 오늘은 지난밤 핀 이름 없는 꽃으로 내 발걸음을 멈추게 하는 평범하고 조용한 길이다. 그런 길에 이름을 붙여주고 꽃에 이름을 지어주면, 어쩐지 그곳이 의미 있는 공간이 된 것 같아 기분이 좋아진다. 비록 돌아서면 잊어버려서 미안하지만 말이다.

평소와 다르지 않았던 소소한 하루의 어느 순간을 위한 이름을 지어보고 그때를 기억하려 하는 습관은, 이미 지나간 시간에 대한 아쉬움과 그리움 때문에 생겼을지도 모른다. 그런 마음들은 이 순간을, 내가 서 있는 이곳을 더욱 소중하게 만든다.

66

'오후의 햇살은 너의 손에.'

오늘 만난 골목의 이름이에요.

<길에서 만나다>

나만의 소리

만약 내 손에 바이올린이 있다면, 오케스트라를 위해 내가 할 수 있는 일은 최대한 나의 바이올린을 잘 켜는 것이다. 난 바이올린과 콘트라베이스를 함께 연주할 수 없으며, 오보에가 틀린 것을 알았다고 해도 도중에 일어나 화를 낼 수 없다. 내가 할 수 있는 전부는 그저 내가 맡은 부분을 잘 연주해내는 것뿐이다.

그런 생각을 하면, 남의 일에 상관할 겨를이 없어진다. 나를 비난하는 소리에도 신경 쓸 틈이 없다. 연주가 끝날 때까지, 그저 내 악기에만 집중하면 된다.

즐겁게 일하는 방법

반복되는 일상에서 즐거움을 찾기란 쉽지 않다. 하지만 그 쌓이고 쌓이는 시간이 아무것도 아니라고 한다면, 우리는 절대로 버티지 못할 것이다.

그림을 그리는 매 순간이 즐겁고 행복하다고는 말하지 못하겠다. 그래도 이 시간이 포개지다 보면 내가 원하는 모습에 조금 더 가까이 갈 수 있다고 믿는다. 그렇게 생각하면 기쁘다. 이것이 내가 즐겁게 일하는 방법이다.

이런 생각을 해봤어요.

자신의 미래에 대한 선택은

찰나의 행복을 위해서가 아니라

자기 자신에 대한 사랑이며 존중에 가깝다고요.

<길에서 만나다>

이상적인 삶

나의 꿈은 단순하다. 매일 영화를 세 편 정도 보고, 소설을 몇 페이지 읽고, 두어 시간 산책하고, 하겐다즈 아이스크림을 먹으며 〈유희열의 라디오천국〉 재방송을 듣다 잠드는 것이다. 소소한 일상이 꿈이라 참 다행이다. 세계 정복이 꿈이라면 얼마나 피곤한 인생이겠는가. 그러고 보면 악당도 아무나 하는 게 아니다.

나는 어떻게 만화가가 되었나

어쩌면 나는 좀 더 일찍 만화가가 되었을지도 모른다. 중학교 때 이미 단편 원고를 그린 순정만화 꿈나무였으니까. 그런데 어쩌다가 영화판에 뛰어들었고, 거기에서 도망쳐 7년이나 회사에 다닌 것일까.

내가 입학한 고등학교는 일본 후쿠오카의 세이료고교와 자매결연을 하여 매년 문화 교류를 나누고 있었다. 유일하게 평균점 이상을 받았던 영어 평가 덕분에 가게 된 일본에서, 나는 20만 원어치 정도의 만화책을 샀다. 부모님과 친척에게 후원받은 돈이었다. 당시에는 세뱃돈을 받으면 리바이스 501이라는 청바지를 사는 것이 대유행이었는데, 그 옷이 10만 원 정도였다. 그러니 바지 대신 만화책을 산 행동은 대단히 기특해야 마땅했다. 물론 부모님은 그렇게 생각하지 않으셨겠지만 말이다. 그리고 어느 세계에나 고자질쟁이가 있기 마련이고, 내가 만화책으로 용돈을 탕진했다는 사실이 〈강원도민일보〉에 실리게 되었다. (농담이다.)

하루는 학원에 갔는데 짝사랑하던 여학생이 날 보더니 대뜸 이렇게 말하는 것이 아닌가.

"야, 너 일본에서 20만 원어치 만화책 사 왔다며?"

어쩌면 정말 〈강원도민일보〉에 실렸었는지도 모르겠다. 그렇지 않고서야, 대체 학교도 다른 그녀가 그 사실을 어떻게 알게 되었단 말인가. 무슨 의도로 한 질문인지는 알 수 없었지만, 그 말은 내 순수한 영혼에 지울 수 없는 상처를 남겼다. 마치 "야, 너 오타쿠라며?"라고 들렸기 때문이다. 그 당시에는 '오타쿠'라는 단어가 부정적으로만 들렸기 때문에 집으로 돌아오는 길에 "아니야! 난 오타쿠가 아니야! 그……그냥 만화 애독자야!"라며 밤하늘을 향해 울부짖었다. 그날 이후, 만화를 그리지 않았다.

밤에 만화를 그리지 않으니 새벽 3시까지 도무지 할 게 없었다. 그래서 비디오를 보기 시작했다. 인생이 꼬이기 시작한 순간이었다. 이것이 내가 영화판에서 20대를 보내고 서른이 훌쩍 넘어 만화가가 된 사연이다.

지난 일들을 떠올릴 때면 가끔 이런 생각을 한다. 좀 더 일찍 만화가가 되었다면 어땠을까? 지금보다 훨씬 좋은 만화를 그리고 있을까? 글쎄…… 모르긴 몰라도 지금과는 사뭇 다른 만화를 그리고 있을 것 같다. 그러니 늦게 데뷔한 현실에 대한 후회는 없다.

"

시간을 돌이킬 수는 없다.

그저 잠시 뒤를 돌아보며 쓴웃음을 짓는 것만이

내가 할 수 있는 전부일 것이다.

그렇기 때문에 일단은 있는 힘껏 걷지 않으면 곤란하다.

설사 시간을 되돌린다 하더라도

아마도 나란 인간은 같은 선택을 할 테니까.

소용 없는 후회를 하는 대신,

두 주먹을 불끈 쥐고, 어금니를 꽉 깨물고,

지금을 걷는 수밖에 없다.

< 길에서 만나다 >

3

계
속
하
는

마
음

꼴찌의 약속

〈진눈깨비 소년〉을 연재하기 전, 나 자신과 두 가지 약속을 했다. 첫째는 적어도 꼴찌는 하지 말자는 것이었다. 데뷔작 〈길에서 만나다〉는 네이버 웹툰에 연재 중인 만화를 조회 수 순서로 정렬했을 때 마지막에 있는 작품이었다. 두 번째는 휴재는 없다는 것이었다. 안타깝게도 첫 번째 약속은 연재 몇 달 만에 깨졌다. 내 의지로 어떻게 할 수 있는 일이 아니었다. 꼴찌 역시 아무나 하는 것은 아니라고 스스로를 위로했다. 그 대신 무슨 일이 있어도 두 번째 약속은 지키기로 다짐했다.

물론, 가끔 꼴등을 면할 때도 있었다. 다른 작가가 휴재할 때였다. 살면서 이런 성적을 받아본 적이 없어서 처음에는 다소 창피했다. 하지만 만년 이렇다 보니 어느덧 자연스럽고 익숙해졌다. 인기에 보답해야 한다는 부담감도 크지 않아 더 자연스러운, 나다운 만화를 그릴 수 있었다. 〈진눈깨비 소년〉이 최고라고 해주는 사람들도 있었기 때문에 내 만화는 남쪽 바다 끝에 있는 제주도 같은 작품이라고 생각하게 되었다. 제주도가 한국의 보석 같은 곳인 것처럼, 누군가에게는 내 만화가 그런 의미가 되기를 바랐다. 뻔뻔한 생각일 수도 있지만, 내가 그린 것을 내가 제일 좋아하겠다는데 누가 뭐라 할 수 있겠는가. 그때부터 매주 목요일 밤 11시가 기대되기 시작했다. 내가 제일 좋아하는 웹툰이자 남쪽 바다 끝의 보석과 같은 〈진눈깨비 소년〉이 업데이트되는, '진소의 밤'이 시작되는 시각이었으니까.

일본 드라마 〈체인지〉에서 기무라 타쿠야는 국무총리가 된 전前 초등학교 교사 아사쿠라 케이타를 연기했다. 그는 이렇게 말한다.

"전 아이들에게 꼴찌가 될 것을 알아도 마지막까지 최선을 다해 뛰라고 가르쳤습니다."

이 드라마를 처음 봤을 때는 이 대사를 별로 귀담아듣지 않왔다. 그런데 인생에서 장시간 맨 끝에 있다 보니, 문득 이 말이 떠올랐다. 그 순간, 이왕 꼴등을 할 거라면 (그런 게 있는지 모르겠지만) 의미 있게 하고 싶다는 마음이 들었다.

마지막까지 최선을 다해 뛰고 싶다. 그러다 보면 또 본의 아니게 꼴찌를 면할 때가 있겠지.

재능에 대하여

미술학원에서 아이들을 가르칠 때, 학부모님들은 약속이라도 한 듯 이런 질문을 했다.

"어때요? 애가 재능이 있나요?"

그때마다 "전혀요. 그렇지만 미술학원에 계속 다닌다면 대학에는 갈 거예요"라고 답변하고 싶었다. 하지만 아직 미혼인 원장님을 위해, 당장 이번 달 필름 살 돈이 필요한 나를 위해 그저 씩 웃으며 "좀 더 지켜봐야죠"라고만 대답했다.

당시에는 거짓말을 하는 것 같아서 늘 씁쓸한 기분이었는데, 이제 와 생각해보니 그 말이 정답이었는지도 모르겠다.

누가 지금 내게 재능에 대해 묻는다면, 주저 없이 그걸 계속하는 능력이라고 답할 것이기 때문이다.

내게 중요한 건

여기 내 일이 있고 그것을 계속하고 싶다는 거야.

지금 내게 그거면 충분해.

그렇게 생각하고 있어.

<길에서 만나다>

바닥에 그림 깔기

수능이 끝나고 실기시험을 보기 전, 화실 선생님은 그동안 그렸던 것들을 전부 바닥에 깔라고 하셨다. 나는 사물함에 있던 그림들을 꺼내 화실 바닥에 하나하나 늘어놓았다. 종이는 화실을 모두 채우고도 남아, 복도까지 이어졌다. 선생님은 그 장면을 보고 딱 한 마디를 남겼다.

"열심히 했네."

그 평범한 말이 참 좋았다. 열심히 하는 것과 대학에 붙고 떨어지는 것은 별 관계가 없을 테지만, 바닥에 깔린 광경을 보고 있자니 그동안 고민한 시간이 눈앞에 펼쳐진 듯했다. 그 경험은 용기가 되었다. 요즘도 가끔 기운이 없을 때면 방바닥에 그림을 깐다. 그리고 자신을 스스로 다독인다.

"열심히 했네. 하루 이틀 하고 말 거 아니니까, 오늘은 그만 자자. 내일 또 그리고 싶을 거야."

그렇게 나를 위로하고 응원하며 하루를 마무리한다. 이것이 내가 종이 위에 그림을 그리는 이유다.

골목길의 작은 식당

《좀머 씨 이야기》는 내가 가장 아끼는 책 중 하나다. 사랑하는 작가인 파트리크 쥐스킨트가 쓴 소설에 존경하는 작가인 장 자크 상페가 삽화를 그렸다. 이사할 때마다 많은 책을 버렸지만, 이 소설만큼은 세상 끝까지 가져갈 셈이다.

다시 그림을 그리기 시작했을 때, 내 목표는 언젠가 《좀머 씨 이야기》 같은 명작을 만드는 것이었다. 그 꿈을 이루는 데 심각한 문제가 하나 있다면, 내가 파트리크 쥐스킨트만큼 멋진 글을 쓰지 못하고 장 자크 상페만큼 아름다운 그림을 그리지 못한다는 점이다. 하지만 괜찮다. 이제 그런 것은 크게 신경 쓰지 않는다. 그동안 열심히 뻔뻔해진 덕분에 내 나름의 '무언가 조금 부족하지만 나름 괜찮은' 세계를 만들고 있다고 믿게 되었으니까.

이런 생각을 한다. 발길이 많이 닿지 않는 어느 골목길에 식당을 운영한다는 기분으로 글을 쓰고 그림을 그리자고. 세상에는 멋지다고 소문난 레스토랑이 많고 많겠지만, 내 가게에서만 먹을 수 있는 음식 같은 만화를 만들자고. 그럼 이 작은 가게는 어찌어찌 운영해나갈 수 있지 않을까. 저런 곳에서 카페가 될까 싶어도 가만히 보면 꼭 누군가 앉아 커피를 마시고, 또 의외로 그런 곳이 오래가는 것 같으니까.

쓰는 근육 훈련

나이를 먹을수록 경험이 많아지니 글을 더 많이, 더 잘 쓰는 것이 당연해 보이지만, 실은 갈수록 더욱 어려워진다. 예전에야 누가 내가 쓴 것을 읽겠느냐는 생각에 거침없이 무언가를 적어 내려갈 수 있었지만, 이제는 혹시라도 상처받는 사람이 생기면 어쩌나 하는 조심스러움이 있다. 100미터 달리기처럼 직선의 글을 쓰던 예전과 달리 요즘에는 꽤 주위를 살핀다고 할까.

글쓰기란 역시 유리의 단면처럼 날카로운 어휘를 무기 삼아 신나게 휘둘러야 제맛인데, 지금은 조심스러운 마음에 이리 뭉개고 저리 뭉개다 결론을 내지 못하고 흐지부지해지곤 한다. 어떤 주제에 대해 적기 전과 후의 결론이 바뀔 때도 있다. 이래서야 도무지 글을 쓰는 목적을 찾을 수 없다. 그런데도 이렇게 꾸역꾸역 문장을 만드는 까닭은 몸이든 마음이든, 그림이든 글이든, 쓰지 않으면 녹이 슬기 때문이다. 언젠가 정말 하고 싶은 이야기가 생겼을 때를 위해 쓰는 근육을 훈련하는 셈이랄까.

좋은 글을 쓰고 싶고, 좋은 그림을 그리고 싶다. 점점 더 잘
하게 되면 좋겠다. 우연히 괜찮은 그림을 그리고 글을 쓰게
될 때도 있지만, 그 우연이 계속되지는 않더란 말이지. 그러
니 되든 안 되든 그냥 계속하는 수밖에 없다.

수레바퀴 아래서

매일 저녁, 일과에 지쳐버린 시간이 오면 아주 오래전에 읽은 소설의 문장을 원고 위에 적고 그날의 일을 정리한다.

아무튼 지치지 않도록 해야 하네. 그렇지 않으면 수레바퀴 아래 깔리게 될지도 모르니까.

_《수레바퀴 아래서》(헤르만 헤세 지음, 김이섭 옮김, 민음사)

이 소설에서 상징하는 의미와는 조금 다를 수도 있지만, 나는 이 문장을 이렇게 받아들였다. 아무리 좋아하는 일을 하더라도 너무 지치도록 몸과 마음을 혹사해서는 안 된다고. 지쳐 쓰러지면 내일 다시 그 일을 마주하기 싫어진다. 맛있는 음식이라도 너무 많이 먹다 보면 체하게 되고 그 후 다시는 그 메뉴를 먹고 싶지 않은 것처럼 말이다. 좋아해서 선택한 직업이라고 해도 일은 어디까지나 일이다. 시간이 되었을 때 펜을 내려놓고 기지개를 켜고 잠자리에 들어 휴식을 취해야 한다. 그래야 인생이라는 거대한 수레바퀴에 깔리지 않고 다음 날 또 걸을 수 있다.

중고등학교 시절 국어시험을 볼 때면, 문학작품 일부를 보여주고 작가의 의도를 묻거나 특정 문장의 의미에 관해 묻는 문제가 반드시 출제됐다. 문학도 음악도 그림도 영화도 분명 그 안에 작가의 의도가 있겠지만, 어떻게 해석하고 받아들이느냐는 독자 자신의 마음 아니겠는가. 어떤 작품을 대할 때 작가의 의도를 파헤치는 것도 나름의 재미가 있기는 하지만, 그보다는 작품을 마주하는 지금의 마음이 더 중요하다고 생각한다. 현재의 고민과 기분 그리고 내 마음의 상태를 이해하고 있을 때 그 작품이, 문장이, 시간이 온전히 자신의 것이 되고 그래야 비로소 예술이 인생에 도움이 되겠지.

66

- 한스 기벤라트군, 아무튼 지치지 않도록 해야 하네. 그렇지
  않으면 수레바퀴 아래 깔리게 될지도 모르니까.

- 한스?

- 헤세의 소설에 나오는 대사예요. 자신을 벼랑 끝으로 몰아
  넣는 건 위험하죠. 사람은 그렇게 강한 존재가 아니니까요.
  난 도망치는 게 비겁하다고 생각하지 않아요. 제 생각엔
  마지막까지 도망치지 말아야 할 건 자기 자신으로부터지,
  다른 그 무엇도 아니에요. "도망치면 안돼"라는 문장이
  마치 주문처럼 사람들을 절벽으로 몰고 가죠. 욕심일지
  몰라요. 선택할 수 있는 최선이 자신을 버리는 것이 되기
  전에, 나는 차라리 "도망쳐!"라고 말해주고 싶어요.
  괜찮아. 그건 비겁한 게 아니야. 너를 지켜! 마지막까지
  너를 지키는 거야.

<길에서 만나다>

75퍼센트의 법칙

'75퍼센트의 법칙'이라는 것이 있다.

자신이 가진 일 에너지의 총합을 100퍼센트라고 봤을 때, 하루에 그중 75퍼센트만 사용해야 그 일을 계속할 수 있다는 이론이다. 무리해서 나머지 25퍼센트까지 다 써버리면 지쳐서 어떤 일이든 지속할 수 없게 된다.

가끔 걷기 위한 여행을 가도 목표한 시간의 75퍼센트 정도만 걷는다. 아주 많이 신나서 혹은 욕심이 생겨서 더 걷는다면, 다음 날 분명 발이나 관절에 문제가 생겨 적은 시간도 걸을 수 없게 되기 십상이다.

인간관계에서도 이 법칙은 적용된다. 아무리 가까운 사이라고 하더라도 75퍼센트 정도만 솔직한 것이 좋다. 그 사람을 너무 좋아해서 당신의 모든 것을 보여주거나, 혹은 상대에게 그러기를 강요한다면 그 관계는 오래가지 못한다. 그러니 당신이 정말 사랑하는 사람이 생기더라도 그와 좋은 인연을 오래 유지하고 싶다면 늘 75퍼센트의 기분 좋은 거리를 유지하기를 권한다.

누가 이런 멋진 법칙을 만들었는지는 여기서 밝히지 않겠다.

안 되면 말고

"조금 더 고민해보겠습니다."

〈길에서 만나다〉가 끝나고 차기작으로 생각하던 내용을 두 번째로 퇴짜 맞았을 때, 그렇게 말했다. 빈말이 아니었다. 처음 퇴짜를 맞았을 때도 똑같이 말했다.

물론, 생각만 한다고 답이 나오느냐 하면, 그건 또 아니다. 멍청하게 온종일 딴짓을 하다가 불현듯 꿀맛 같은 아이디어가 떠오르기도 하고 산책하다가 번뜩이는 영감을 얻기도 하지만, 이런 단편적인 구상만으로는 이야기가 만들어지지 않는다. 고민한다는 것은 머릿속에 떠오른 조각들을 엮어 하나의 덩어리로 만들어보는 것까지를 말한다. 그러니 고민해보겠다는 말은 결국 궁둥이를 붙이고 앉아 글을 쓰겠다는 뜻이다.

조금 더 고민해보겠다고 했으니, 조금 더 궁둥이를 붙이고 앉아 이야기를 만들고 또 만든다. 그렇게 1, 2화의 내용이 나오면 콘티를 그려 다시 제안을 한다. 재차 거절당할 수도 있지만, 〈진눈깨비 소년〉 같은 명작이 탄생할 수도 있다.

내가 좋아하는 박찬욱 감독의 가훈은 '안 되면 말고'다. 정말 멋진 가훈이라고 생각해 나도 인생의 신조로 삼았다.

제안이 연재 심사에서 떨어지면 새로운 고민을 시작하면 된다. 안 되면 말고. 그래도 고민하고 또 고민한다. 이런저런 아이디어를 떠올리고 글을 써본다. 그 루틴이 이 깊은 밤 내내 이어져도 그리 고통스럽지 않으니, 그나마 난 꽤 괜찮은 직업을 가지고 있다고 자신을 위로해본다.

"

물론 자신이 원하는 길을 찾았다고 해서

모든 고민이 단번에 해결되는 건 아니에요.

오히려, 새로운 고민이 시작될 뿐이죠.

< 길에서 만나다 >

영감은 경로당 문을 열고

"영감은 어디에서 나오나요?"

독자에게서 이런 질문을 받을 때마다 "영감은 경로당 문을 열고 나옵니다"라는 개그를 하고 싶은 마음을 언제까지 참을 수 있을지 모르겠다. 1,000명 이상 모인 곳이 아니라면 이런 고급 유머를 구사하지 않겠다고 결심을 굳혔지만, 솔직히 오래 버틸 자신은 없다.

스티븐 킹은 매일 열 페이지씩 숙제처럼 글을 썼다. 어니스트 헤밍웨이는 눈을 뜨자마자 정오까지 오직 타자기만을 두드려댔다. 나는 그들을 존경하고 그들처럼 일하고 있다. 영감 같은 것은 1년 내내 놀다가 번뜩 아이디어가 떠올라 한 달 만에 장편소설을 탈고하는 베스트셀러 작가에게 물어보는 것이 좋겠다. 물론, 그런 사람이 있다면 말이다.

최종 마감을 위해

우상을 한 명 꼽으라면, 주저 없이 스탠리 큐브릭이라고 말하겠다. 대학생 때, 스탠리 큐브릭이 죽었다는 기사를 읽었다. 그의 마지막이 편집실이었다는 사실을 알게 됐고 멋진 죽음이라고 생각했다.
〈녹차의 맛〉이라는 일본 영화에서 주인공 가족의 이상한 할아버지는 죽기 전에 유품으로 스케치북을 하나 남긴다. 그 안에는 가족의 소중한 순간을 담은 아름다운 그림이 있다. 역시 멋진 죽음이라고 생각했다.

노년의, 혹은 죽음이 나를 찾아왔을 때의 모습을 가끔 상상해보고는 한다. 그때, 외롭지 않았으면 좋겠다. 가난하지 않았으면 좋겠다. 사람들의 축복 속에서 삶을 마감했으면 좋겠다. 어쩌면 그런 진짜 마감, 인생의 마감을 위해 오늘 열심히 만화를 그려야 하는 건가 싶기도 하다.

자세와 태도

나는 맞으며 그림을 배운 마지막 세대가 아닐까 싶다. 가장 크게 혼난 이유는 붓을 물통에 넣어둔 채 집에 갔기 때문이 었다. 그림을 잘 그리고 말고를 떠나 자세가 틀려먹은 짓이 라는 이유였다. 질풍노도의 반항기 가득 찬 시절이었지만, 자세와 태도는 의지를 반영한다는 것을 알게 되었고 나의 행동을 반성했다. 그 후로 적어도 내 자리, 내 도구만큼은 누구보다 깨끗하게 관리했다. 뭐, 그렇다고 그림을 더 잘 그 리게 되지는 않았지만 적어도 그런 의지를 잃고 싶지는 않 았다.

너무 애쓰지 않는 삶

자신이 무엇을 좋아하는지 잘 모르겠다면, 그래서 진로가 고민이라면, 특별히 애쓰지 않아도 되는 일을 찾는 것이 도움 될지도 모르겠다. 아무 생각 없이 코딩을 하고 있다거나, 자고 일어나면 자연스럽게 요리를 하고 있다거나, 잠이 오지 않을 때 그림을 그린다거나, 그런 일. 문제는 타고난 재능으로 그 일을 하는 사람이 제법 많다는 사실이다. 현실이 이렇다 보니, 어떤 일을 시작하려 할 때 이런 말을 들을 수도 있다.

"그건 재능이 뛰어난 사람이나 하는 거야."

하루 열다섯 시간씩 그림을 그린다면 없던 재능도 꽃피지 않을까. 물론, 매일 그렇게 긴 시간을 투자해 무언가를 하는 것은 꽤 고달프다. 그렇게 피곤한 삶을 권하고 싶지는 않다. 하지만 특별히 애를 쓰지 않아도 시도 때도 없이 그 짓을 하는 게 어렵지 않다면, 직업으로 생각해봐도 좋지 않을까.

학생들에게 빨리 진로를 정해야 한다고

조급하게들 말하지만…

인생은 역시 시행착오가 필요한 것 같아요.

직접 겪지 않으면 역시 미련이 남기 마련이고…

하고 싶은 건 못 해도 적당히 살 수 있지만…

하기 싫은 걸 평생 해야 한다면,

그건 자신에게 좀 미안한 일이잖아요.

< 진눈깨비 소년 >

사람은 사람에게 영향을 준다

모든 작가는 자기만의 세계를 구축한다. 나는 다른 세상을 좋아하기는 하지만 그보다 내 공간에 다른 사람들을 초대하고 싶다. 가능하면 사람들이 내가 만든 장소에 오래 머무르면 좋겠다. 또는, 집에 가다가 한 번씩 생각 없이 들르는 카페 같은 곳이어도 좋겠다.

만화가가 될 수 있었고 되기로 했지만, 여전히 영화를 좋아한다. 한때는 〈내셔널지오그래픽〉에 사진을 기고하는 사진작가가 되고 싶었다. 그래서 내 만화에는 영화감독이, 프로덕션 디자이너가, 각본가가, PD가, 사진작가가 등장한다. 내가 꿈꾸었던 사람들을 만화에 등장시키고 그들에게 나를, 나의 감정을 이입한다. 그렇기 때문에 등장인물이 비슷비슷하다는 비판을 겸허히 받아들인다.

나의 주인공들은 내 세계에서 살아간다. 이곳은 그야말로 내가 꿈꾸던 판타지다. 할 수 있다면, 여기가 누군가에게 힘이 되었으면 좋겠다. 이런 말을 하기란 역시 좀 쑥스럽지만,

누군가에게 좋은 영향을 주면 좋겠다.

가끔 독자들이 메일이나 메신저로 내가 좋은 사람이냐고 묻는다. 아니다. 나는 좋은 사람이 아니다. 착한 사람도 아니고 선한 사람도 아닐 것이다. 그런 사람이 되려 노력해본 적도 없고, 애쓸 생각도 없다. 오히려 예민하고 이기적인 편이라 협동이 어려워 혼자 일하는 편을 선호한다. 좋은 사람은 아니지만 좋은 만화는 그리고 싶다. 나의 괜찮지 않은 면에 대한 변명을 늘어놓고 싶기 때문일 수도 있고, 나와 비슷한 사람을 변호해주기 위해서일지도 모른다.

66

아무것도 아니라면 아무것도 아니지만

어떤 날, 어떤 순간,

어떤 사람에게, 어떤 말에,

우리는 마음이 흔들린다.

아무것도 아니라면 아무것도 아니지만…

사람은 사람에게 영향을 준다.

< 진눈깨비 소년 >

4

때로는 불안하기도 한, 그런 마음

불안의 끝

이 불안을 뚫고 나가면 빛나는 영광이 있을까, 아니면 또 다른 불안이 있을까.

겁쟁이 인생

어렸을 때부터 겁이 많았다. 내가 천재도 초능력자도 아니라는 사실을 자각한 이후, 늘 겁에 질려 있었다고 해도 과언이 아니다. 처음에는 이런 내가 후져서 실망했고 창피했다. 이래서야 무슨 대단한 일을 할 수 있겠는가.

〈진눈깨비 소년〉의 댓글에는 내가 어떤 인생을 살았는지 궁금하다는 질문이 종종 올라왔다. 용기가 되는 대답을 기대했다면 미안한 말이지만, 10대부터 내내 겁에 질린 인생을 살았다고 고백하는 바이다. 미래에 대한 어떤 확신도 없었다. 늘 불안했고 그래서 우울했다. 안 그렇게 보였다면 안 그렇게 보이려고 애썼기 때문이겠지. 물론, 이런 인생이 싫었다. 그래서 허세도 부려봤지만, 상황은 더욱 나빠지고 두려움은 더 커질 뿐이었다.

만화가로 데뷔했을 때, 비교적 안정적인 회사를 그만두고 외국으로 간다고 했을 때, 다들 대단한 용기라고 말했지만 사실은 그 반대였다. 직장 생활을 계속할 엄두가 나지 않았다. 겁쟁이의 시선에서는 아직 먼 미래조차 걱정의 원인이 된다. 회사에 다니다 50대쯤 쫓겨나면 어떻게 먹고살아야 할지 상상하는 것만으로도 계속 초조했고, 그렇게 떨기보다 차라리 회사를 그만두고 작가 생활을 시작하는 편이 정신건강에 더 안정적으로 보였다.

이런 인생에도 장점은 있다. 이유 없이 겁이 나 불안이 시작되고 그래서 우울해지는 3단 콤보를 막기 위한 유일한 방법은 미리 준비하는 것이다. 생각해보니 내가 이제껏 마감을 지킬 수 있었던 원인도 혹시라도 휴재를 하게 되는 상황이 오면 어쩌나 무서워서였다. 인기도 없는 만화가가 연재를 쉬기라도 하면 독자에게 얼마나 혼이 날까 두려웠다. 자칫하면 펑크를 낼지 모른다는 사실이 늘 내 가슴을 조였고 그게 나를 미리 일하게 만들었다.

겁쟁이 인생은 싫지만, 그 덕분에 불안과 우울에서 가능한 한 멀리 도망치기 위해 달렸고 그 보상으로 휴재하지 않을 수 있었다. 그런 성실함이 이렇게 태어난 데에 대한 보상이라면, 앞으로도 그냥 이 모습대로 살기를 희망한다. 언제부턴가 성실하고 진지한 자세가 쿨하지 못한 아재의 이미지가됐지만, 그것 또한 피할 수 없는 나의 숙명이라고 생각한다. 세계적인 겁쟁이로서 안정된 인생을 살아가는 꿀팁을 하나 주자면, 언제나 퇴로를 확보해야 한다. 멋진 말처럼 들릴지도 모르겠지만, 늘 도망칠 구멍을 만들어두라는 뜻이다. 정말로 그러지는 않더라도 여차하면 달아날 수 있다는 사실이당신을 위로하고 지금 하는 일에 집중할 수 있게 도와줄 것이다. 영업 비밀을 전수했으니, 오늘을 겁쟁이의 날로 정해야겠다.

불안이 우리를 일하게 하지.

불안과 걱정, 쓸데없는 잡생각…

물론 일에 대한 확신과 희망 같은 것으로도

기차는 움직이지만,

그것만으로는 평지를 겨우 달릴 수 있을 뿐이야.

언덕을 만나면 그것만으로는 어렵지.

그때는 불안과 걱정 같은 걸 넣어서 함께 태워야지.

불안과 걱정, 우울이 한밤에 일어나 불을 켜게 만들고…

이불을 걷어차게 만들고…

기어이 책상 앞에 앉게 하지.

불안이 이미 끝낸 일을 다시 펼치게 만들고,

불안이 지나쳐버린 실수를 찾아내고,

불안과 긴장이 일이 끝날 때까지 쓰러지지 않게

등과 다리에 힘을 주지.

불안이야말로 일의 주적이자 최고의 동맹이야.

< 진눈깨비 소년 >

나약한 지식인

수학을 정말 못하는 학생이었지만, 정말 좋은 수학 선생님들을 만났다. 고등학교 때 만난 수학 선생님은 모두 세 분이었는데, 이분들은 모두 수학 따위 못해도 괜찮다고 말해주셨다. 좋아하는 것을 잘하면 되고, 넌 그림을 좋아하니 열심히 하라고 응원해주셨다. 심지어 고등학교 3학년 때에는 수학 시간에 다른 공부를 해도 좋다고 허락해주셨다. 덕분에 일찌감치 수리 영역을 모두 찍기로 결심하고 암기 과목에 집중해 대학에 합격할 수 있었다. 매우 늦었지만, 이제라도 가가멜 선생님께 깊은 감사의 마음을 전하고 싶다.

고등학교 1학년 때의 수학 선생님은 한 가지를 더 주문하셨다.

"비겁한 사람이 되지 마라."

수업 첫 시간에 그렇게 말씀하신 선생님은 비겁한 사람이란 '나약한 지식인'이라고 덧붙이셨다. 그깟 수학 문제 하나 더 푸는 것은 중요하지 않으니, 나약한 지식인이 되지 말라고 하셨다. 그때는 그 의미를 심각하게 받아들이지 못했다. 나는 그런 사람이 아니라고 믿었는지도 모른다.

어른이 되고 어찌어찌 글과 그림으로 먹고사는 사람이 되다 보니, 엉터리 정치가를 보고 분개하면서도 혹시나 내 만화가 영영 퇴출이라도 될까 봐 두려워 사회비판적인 글을 쓰거나 그런 기사에 '좋아요' 누르기를 겁내게 되었다. 그런 글을 공유하는 자체도 자제함은 물론, 내 만화에 그런 내용을 넣는 용기조차 못 내는 인간이 되어버렸다. 그야말로 나약한 지식인이 되고 말았다.

형편없는 변명이겠지만, 이렇게라도 살아가며 내가 좋아하는 그림을 열심히 그리고 글을 쓰고 있으니 좀 봐달라고, 비록 수학도 못하면서 비겁한 인간마저 되었지만 대신 마감을 지키며 더 좋은 그림을 그리려고 애쓰고 있으니 좀 봐달라고, 수학 선생님들께 보내지 못할 편지를 쓴다.

분노도 복수심도 슬픔도 아쉬움도 그리움도 모두 글을 쓰고

그림을 그리는 에너지가 된다고 배웠다. 자괴감도 그렇게
쓰일 수 있을까. 그랬으면 좋겠다.

하늘이 멋져 오늘은 조퇴

평범한 아침이었다. 여느 때와 다름없이 아침 5시에 신풍역 근처의 자취방을 나와 여의도에 있는 회사까지 걸어서 출근했다. 하늘은 흐렸다. 비가 오려나, 우산을 챙겼어야 했나, 하는 후회를 하기에는 벌써 집에서 멀어져 있었다. 버스를 타고 갈 수도 있었지만, 두 시간 이내의 거리라면 걷는 쪽이 마음이 편했다. 복잡하고 우울한 기분을 달래는 데도 오래 걷기는 도움이 되었다.

당시의 나는 꽤 침울했다. 대학을 졸업한 후, 영화 연출부에 들어갔을 때만 해도 금방 감독으로 데뷔할 수 있을 줄 알았다. 그래서 계속 시나리오를 썼지만 몇 년째 허탕이었다. 원하는 일이 계속 거절을 당하면 거기에 익숙해져서 마치 세상에 거부당한 것 같은 인생을 살게 된다. 내가 그랬다. 마지막으로 쓰고 있던 각본은 초고를 끝내지도 못한 채 몇 달째 뭉개고 있었다. 어쩌면 다시 퇴짜를 맞는 게 두려웠는지도 모른다.

회사에 도착해 편집실로 들어가 컴퓨터 전원을 켜고 커피를 탔다. 오전에 나갈 프로그램을 송출 서버에 올려놓고 구내 식당에서 아침밥을 먹었다. 그러고는 평소처럼 여의도공원을 한 바퀴 돌았다. 흐렸던 구름 사이로 빛줄기가 삐져나오기 시작했다. 걸음을 멈추고 하늘을 봤다. 마음속으로는 이미 한참 전 시나리오 쓰기를 그만둬야겠다고 생각하고 있었다. 내내 꿈이자 목표로 생각했던 일을 포기한다는 사실을 그저 인정하고 싶지 않았을 뿐이었다.

"그만하자."

마치 오래 사귄 여자 친구에게 헤어지자고 말하듯 소리 내어 말했다. 그제야 영화와 작별한다는 실감이 났다. 고등학교 때부터 15년이나 죽자고 매달렸으니, 이제는 영화도 나를 이해해줄 거라고 생각했다. 그런 감정 때문인지 하늘이 정말 끝내주게 멋져 보였다. 더 걷고 싶었다. 이대로 사무실에 들어가면 마음이 변해 내가 잘못했다고, 이별 취소라고,

제발 다시 시작하자고 할 것만 같았다. 안 되겠다 싶어서 팀장님에게 전화를 걸었다.

"저 조퇴하겠습니다."

출근 중이던 팀장님은 되물었다.

"못 나온다고? 왜 어디 아파?"

"아뇨. 저 출근했는데 일이 생겨서 조퇴하려고요."

팀장님은 이유를 묻지 않고 알겠다며 전화를 끊었다.

"자, 어디로 갈까?"

나는 직업병처럼, 꽤 우울한 영화의 마지막 대사처럼 또 소리 내어 말했다.

그날 난 남산까지 걸었다. 남산을 오르는 동안 실패한 영화 감독이 여행 온 일본 여성과 만나 서울을 걸으며 소소한 이야기를 나누는 스토리를 떠올렸다. 그리고 다짐했다.

"아니, 난 이걸 시나리오로 쓰지 않을 거야. 절대."

그 대신 그 이야기는 만화가 되었고, 나는 만화가가 되었다.

다시 출발

다른 사람을 탓하고 싶지 않아 회사를 그만둔 것이다.

그러니 일이 잘 풀리지 않으면 그것도 어디까지나 내 잘못.

온종일 걷기에도 벅차다.

다시 출발하자.

"

이 끔찍한 불안도 시간이 지나면 적응이 되겠지.

그때에는 새로운 길을 찾게 될 거야.

그래, 넌 지금 네게 필요한 시간을 보내고 있는 거야.

<길에서 만나다>

예상하지 못한 함정

작가란 내게 잘 어울리는 일인 듯하다. 만화를 잘 못 그린다고, 대사를 조금 못 쓴다고 대단히 큰일이 생기지는 않기 때문이다. 물감이 번지면 다시 그리면 되고, 오타가 나면 수정 요청 메일이 온다. 의사가 실수하거나 파일럿이 비행 중에 한눈을 팔면 인명 사고로 이어질 수 있지만, 글을 쓰거나 그림을 그리다가 삐끗한다고 해서 누가 죽거나 사고가 나지는 않는다. 그러니 작가란, 겁쟁이에게 딱 어울리는 직업이다.

방송국에서 일하는 내내, 하루도 편안한 마음으로 집에 돌아간 적이 없었다. 혹시 방송 사고라도 내지 않을까, 늘 불안했다. 이런 성격이다 보니 누가 내게 10억을 줄 테니 의사를 하라고 해도 아마 거절할 것이다. 비슷한 돈을 주고 검사나 판사를 하라고 해도 마찬가지다. 실수나 오판으로 누군가를 감옥에 보낼 수 있다고 생각하면 정말 끔찍하다. 내가 어떻게 매일 몇 번씩 그런 결정을 내릴 수 있겠는가.

아무리 멋진 일을 찾았다고 해도, 그 안에는 당신이 예상하지 못한 함정이 있을 수도 있다는 사실을 명심해야 한다. 그 구덩이가 견딜 만하다면 당신은 그 일을 계속할 수 있고, 그렇지 않다면 그만두고 싶어질 것이다. 문제는 그 함정이 무엇인지 직접 경험해봐야 알 수 있다는 점이다. 견디기 힘들다면 빨리 다른 일을 찾아보는 것도 방법이 될 수 있다. 전에야 쉽게 이직하는 것을 두고 비판하는 사람들이 있었지만, 그중에 당신의 미래를 진정으로 걱정하는 이가 얼마나 있을까. 다만, 일을 그만두는 이유가 당신을 방해하는 누군가 때문은 아니었으면 좋겠다. 쉽지 않겠지만, 그 누군가가 당신의 인생에서 중요한 존재인지 다시 생각해보기를 바란다. 세상 어디를 가도, 당신을 싫어하거나 질투해서 방해하는 인간이 한 명쯤은 있기 마련이다. 모두와 친구가 될 필요는 없지 않은가.

66

이런 말을 들은 적이 있다.

어른이 된다는 건, 그만큼 많은 선택을 해온 거라고.

그 수많은 선택 가운데는

꽤 괜찮은 선택도 있고, 물론 그렇지 못한 것도 있다.

인간은 완벽하지 않다.

그래서 난 누구도 원망하지 않기로 했다.

다른 사람을 탓하고 싶지 않다면,

그 대신 자기 일은 스스로 선택해야 하고,

대신 조금 더… 대신 조금 더 외로워져야 한다.

<진눈깨비 소년>

쇳덩어리 마음

사람들이 흔히 하는 착각 중 하나가 힘든 일을 많이 겪으면 강해진다고 믿는 것이다. 물론, 고통도 경험이 될 수 있다. 경험이 쌓이면 대처하는 능력이 생기는 것도 사실이다. 하지만 내가 보기에, 사람은 자신의 능력보다는 고통에 대한 두려움에 더 많은 영향을 받는 듯하다. 힘든 일을 겪을수록 강해지는 게 아니라, 두려움을 피하는 혹은 이겨내는 방법을 터득한달까. 사람의 마음은 두드릴수록 강해지는 쇳덩어리가 아니다.

최선

때때로 가장 위험한 것은 최선을 다하고 있다고 말하면서 그것이 최선이라고 믿는 마음이다. 사실은 그렇지 않은 경우가 많다. 그런 착각이 우리를 멈추게 만든다.

공허한 세계의 사람

한때 나는 무척 날카로웠다. 뭐가 그리 불만이었는지, 이 세상 거의 모든 것이 마음에 들지 않았다. 그중 제일 싫었던 것은 역시 '나'라는 존재였다. 나는 자신을 감추기 위해 혹은 잊기 위해 영화를 보거나 소설을 읽으며 시간을 소비했다. 그리고 뭘 좀 안다는 듯한 티를 내고 다녔다. 말싸움이라면 몇 시간이고 할 수 있었다. 지금 생각해보면 아마도 공허했었나 보다. 잘난 체하며 실컷 떠들면 왠지 진짜 나를, 어리석고 한심한 나를 감출 수 있을 것만 같았다.

만약 당신 곁에 열심히 이런저런 지식을 늘어놓으며 떠들어대는 사람이 있다면, 그리고 당신이 그의 친구라면 공허한 세계에서 허우적거리고 있는 그 사람을 측은하게 여기며 그냥 이야기를 들어줬으면 좋겠다. 그것이 그 사람에게 무슨 도움이 될까 싶겠지만, 내 경험상 꽤 힘이 된다. (아, 만약 이성이 그런다면 들어줄 필요 없다. 그는 혹은 그녀는 당신에게 관심 없다. 이것도 경험상.)

66

어른이라고 모든 걸 다 해결해줄 수는 없죠.

귀 기울여 잘 들어주는 것만으로도

꽤 대단한 친절이라고 생각해요.

사실 들어주는 척을 하는 사람은 많은데

정말 듣는 사람은 별로 없거든요.

< 굿 리스너 >

당신의 우울에 위로를

지난겨울 한국에 잠시 들렀을 때, 지인 몇 명을 만났다. 그
들에게 내가 인도에서 다소 심각한 우울과 불안을 겪었다고
고백했다. 잠이 오지 않았고, 앉아서 밥을 먹을 수 없을 정
도였다고. 그래서 피곤해질 때까지 걷는 수밖에 없었다고.
나의 이야기를 들은 모두, 자신들도 근래에 비슷한 일을 겪
었다고 했다. 그중 한 명은 정말 나쁜 마음을 가지기도 했다
고 말했다. 우리는 커피를 마시며 우울증에 대해 진지한 대
화를 나눴다. 동병상련이랄까. 고민을 나누며 서로를 격려
하고 응원했다. 그날의 대화는 내 증상에 큰 도움이 되었다.
우연히 나와 내 주변만 그랬던 것일까?
가끔 우울과 불안이 전 지구적인 질병이 된 것 같을 때가 있
다. 너무 흔해, 감기 같다는 생각도 든다. 이 병에 걸렸다면
반드시 주변에 당신의 상태를 알려야 한다. 그리고 여러 사
람의 이야기를 듣다 보면, 알게 될 것이다. 다들 두려운 마
음과 싸우고 있다는 사실을. 그 순간, 대단히 슬픈 일이지만,

우리는 위로와 안도를 느낄 수 있다.

나의 우울은 한 달 반 정도 지속되다가 사라졌다. 하지만 알고 있다. 앞으로 더 거세게, 더 자주 다시 나를 찾아오리라는 것을.

"

누구나 불안해.

처음부터 끝까지 확신만을 안고 완주하는 사람이

얼마나 될까?

나도 마찬가지고

저 밖에 있는 스태프들도 다 불안과 함께 걷고 있는 거야.

그러니까 그렇게 티 내지 않아도 돼.

<길에서 만나다>

5

미래를
기대하는 마음

당신의 미래를 기대한다

기대가 그저 실망의 대상이던 시절이 있었다. 거절이 반복되어 상처가 되었고, 흉터가 되었다. 그래서 나는 '아무것도 기대하지 않는 삶'을 선언했다. 실천하기란 대단히 간단했다. 그야말로 그냥 살면 됐으니까. 마음이 상하지 않는 대신 무미건조한 삶을 택한 셈이다. 그러자 가벼운 마음이 되었다. 쓰고 있던 시나리오를 집어던지고 산책을 하기로 했다. 밤에는 다시 그림을 그리기 시작했다. 그러다 보니 자연스럽게 이야깃거리가 떠올랐다. 누구를 위한 글이 아니라, 그저 나를 위한 겨를 만들어주는 도구였다. 혼자 키득거리며 시간 가는 줄 모르고 글을 쓰고 그림을 그렸다. 어느새 이야기는 완성되었고, 그것을 원고로 만들어 출판사에 투고했다. 물론, 어디에서도 회신은 오지 않았다. 특별히 좌절하지는 않았다. 기대하지 않는 삶을 선택했으니까.

이듬해 또 글을 쓰고 그림을 그려 더 많은 곳에 보냈다. 그리고 몇 달 뒤, 한 출판사의 담당자로부터 메일이 도착했다. 보내준 원고는 잘 봤지만, 자신의 출판사에서 출간하기는 조금 어렵다며 그럼에도 나의 건필을 기대한다고 했다. 그 '건필'이라는 단어를 한동안 주머니에 넣고 다니면서 심심하면 꺼내 보며 슬그머니 웃었다. 멋진 말이었다. 조금 창피하기도 했다. 나를 한 번도 본 적 없는 사람도 나의 건필을 바래주는데, 정작 나는 내 삶에 아무것도 기대하지 않겠다고 선언했으니 말이다. 나는 돌연 그 말을 철회했다. 걱정과는 달리 아무도 이 취소에 불만을 품지 않았다. 다시 나의 내일을 고대하기로 했다. 누군가의 앞날도 함께 축복해주기로 했다.

사람은 사람에게 영향을 준다.
이것이 내가 당신의 미래를 기대하는 이유다.

라디오천국

아직도 10년 전에 방송됐던 〈유희열의 라디오천국〉을 들으며 작업한다. 듣고 또 듣는다. 방송이 시작되던 2008년 당시는 내 인생에서 가장 정신이 혼미하던 시절이었다. 시나리오를 쓰는 것도 그만두었고, 2년 동안 그린 그림책도 계속 퇴짜를 맞고 있었다. 엎친 데 덮친 격으로 리먼브라더스 사태(미국 4대 투자은행 중 하나였으나, 2008년에 미국 역사상 최대 규모의 파산 신청을 했고 이로 인해 글로벌 금융위기가 시작되었다.)로 펀드에 쏟아부은 내 전 재산의 60퍼센트 정도를 날리고 말았다. 잠이 오지 않던 밤에 그 방송은 유일하게 나를 웃겼다. 듣다 보면 키득거리다 잠들 수 있었다. 그렇게 자고 일어나면, 간신히 힘을 내 다시 만화를 그릴 수 있었다. 데뷔작이 된 〈길에서 만나다〉였다. 네이버 웹툰의 '도전 만화'에도 올렸지만 〈유희열의 라디오천국〉 게시판에도 올렸다. 토이의 곡 제목을 도용해 죄송하다는 말을 남겼는지는 잘 기억나지 않는다.

몇 년 전, 유희열 씨가 설립한 '안테나뮤직'에서 정승환 씨의

가사를 내용으로 한 웹툰을 그려달라는 의뢰를 받았다. 기분이 묘했다. 담당자는 유희열 씨가 〈길에서 만나다〉를 봤다고도 말해줬다. 정말 신났다. 그리고 생각했다. 10년 후에도, 20년 후에도 나를 즐겁게 해줄 두 시간짜리 방송이 3년 분량이나 있다는 것은 정말 안심이 되는 일이라고. 누군가는 10년도 더 이전에 방송한 라디오나 듣고 있으니 나에게서 세련된 이야기가 나올 리 없다고 할지도 모르지만, 여전히 이만한 고품격 저질 라디오방송을 찾지 못한 게 내 탓은 아닐 것 같다.

오늘 다시 〈유희열의 라디오천국〉을 들으며 유희열 씨는 모를 인연에 대해 떠올렸다. 누군가의 시간에 이처럼 큰 위로와 용기를 준다는 것은 대단히 멋진 일이 아닌가. 너무 계몽적이고 건전해서 쓰기 부끄럽지만, 나도 그런 만화를 그렸으면 좋겠다.

아직, 봄이니까

새벽 4시에 잠에서 깨 일을 시작했다. 신작 만화를 위해 포털 사이트에 한 제안이 별로 긍정적인 평가를 받지 못해 다시 고민이 시작된 탓에 마음이 조급해진 까닭일 것이다.

불안해하는 대신 소설을 좀 썼다. 조바심을 내는 대신, '괜찮아. 아직 5월, 봄이니까. 시간은 많으니까' 하고 마음을 고쳐 먹었다.

계획 연습

사람이 가까운 곳만 보면 시력이 약해져 나중에는 먼 곳을
아예 못 보게 된다고 한다. 급한 일에 시달리더라도 시간을
내서 미래에 대해 상상하고 계획을 세우는 연습을 해야 하
는 이유다.

- 우리 너무 멀리 보는 거 아닌가요?

- 보이지 않을 만큼 멀더라도 종점은 정해둘 필요가 있지.

  정해놓은 점을 향해 계속 걷다 보면, 어느 순간에 거기

  닿게 되거든. 사람은 바라보는 쪽으로 걷는 법이니까.

<진눈깨비 소년>

대단한 독서가는 아니지만

내가 처음 샀던 책은 알퐁스 도데의 《꼬마 철학자 다니엘》이
다. 그 소설을 구매하던 날의 기억이 아직도 선명하다. 6학
년의 어느 일요일이었다. 온종일 동네를 쏘다니다 책을 한
권 장만해야겠다고 결심하고 춘천 명동으로 향했다. 마음에
드는 것을 골라 계산하면서, 포장해주는 숙련된 직원을 보
면서 두근거렸다. 가슴에 품고 집으로 걸어오는 내내 어찌
나 흥분되던지! 매일 밤 한 챕터씩 읽고 잠들었다. 이것을
사기를 정말 잘했다고 생각하며, 나 자신이 자랑스러웠다.
눈을 감으면 다니엘의 시선으로 보는 프랑스 시골 풍경이
펼쳐지는 것 같았다. 그런 기분이 좋아서 매일 밤이 오기를
기다렸을 정도다.

대단한 독서가는 아니었지만, 그래도 책을 좋아했다. 《길에
서 만나다》가 출간되었을 때, 이게 꿈인가 싶었다. 대단한
성공을 한 기분이었다. 이런 출판 불황에 내가 그리고 쓴 만
화책이 서점에 자리하고 있다는 그 자체가 성공이 아니면

무엇이겠는가. 어쩌면 누군가가 처음 산 도서의 저자가 나일지도 모른다는 터무니없는 상상을 하기도 했다. 이후 두 번째, 세 번째 만화책도 발행되었다. 언제라도 휴대전화로 만화를 볼 수 있는 시대지만, 출판되어 서점에 진열된 내 책의 모습을 상상하는 일은 여전히 즐겁다.

얼마 전, 제주도에 정착한 회사 후배 하나가 북카페에서 발견했다며 《길에서 만나다》 단행본을 찍어 인스타에 올리고는 '선배, 여기서 뭐 하세요?'라며 나를 태그했다. 그 덕분에 '제주도에도 내 책이 있다니! 읽은 사람도 있겠지?' 하며 한껏 우쭐해졌다.

그동안 내가 책을 좋아한 만큼 책도 나를 좋아했을까? 서점도, 도서관도 나를 좋아했을까? 모르겠다. 아니, 아무래도 그런 것 같다. 그렇지 않고서야 제주도까지 내가 쓴 단행본이 갔을 리 없지 않은가. 책을 보고 "널 좋아해"라고 말한 적은 없지만, 앞으로 좀 더 많이 좋아해야겠다고 생각한다. 혹시 아는가. 내가 더 많이 좋아하면 언젠가, 더 먼 곳까지 내가 쓴 책이 닿을지! 이 밤에 또, 나의 바람을 담은 노래를 불러본다.

준비가 되었다면

후기 인상파 화가 중 한 명인 알프레드 시슬레는 부유한 부모의 지원을 받으며 파리에서 그림을 배웠다. 하지만 아버지의 사업 실패로 그는 빈곤해졌고 싼값에 작품을 팔며 고통스러운 생활을 이어가다 세상을 떠났다. 죽기 전까지 시슬레는 친구였던 클로드 모네와 오귀스트 르누아르에 가려져 빛을 보지 못했고, 많은 유명 화가가 그렇듯이 사후에야 그의 예술이 가치를 인정받았다.

오르세박물관에서 그의 그림을 발견하기 전까지 시슬레라는 이름을 알지 못했다. 그런데 그날, 그곳에서 다른 것들은 눈에 들어오지 않았다. 가능한 한 시슬레의 풍경화를 1분이라도 더 보고 싶었다. 미술대학을 나오고, 서양미술사를 필수과목으로 배우고, 모네의 색채를 사랑하면서 30년 넘게 살았는데 어째서 그동안 이 위대한 화가의 이름조차 몰랐을까. 이제야 그를 알게 된 것이 분했고, 동시에 이제라도 그를 만나 기뻤다.

오르세박물관에 다녀온 지 몇 해가 지났을 때, 내 만화를 본 독자로부터 이런 이야기를 들었다. 〈길에서 만나다〉를 처음 봤을 때는 대사 등이 너무 닭살 돋아 도저히 읽을 수 없었는데, 직장 생활을 시작하고 고민이 가득한 시기에 우연히 다시 보니 크게 공감이 되었다고 했다. 그 순간, 시슬레가 떠올랐다. 어쩌면 나는 오래전에 지나치듯 그의 작품을 봤을지도 모른다. 그때는 그 심심함에 별다른 감흥을 느끼지 못했겠지. 그러다 본격적으로 만화를 그리기 시작하고 좀처럼 늘지는 않지만 그래도 그림에 대해 고민하다 보니, 빈센트 반 고흐의 회화에서는 볼 수 없었던, 모네의 미술에서는 느낄 수 없었던, 시슬레의 풍경화만이 주는 어떤 인상에 매료됐을 것이다. 그러니까, 오르세박물관에 갔던 그즈음에서야 비로소 시슬레의 그림을 볼 준비가 되어 있었던 것이고, 운 좋게도 마침 나는 파리에 있었다. 그 후 그의 걸작은 내게 큰 힘이 되었고 그의 삶은 내게 위로가 되었다. 그러니, 〈길에서 만나다〉와 〈진눈깨비 소년〉이 지금 당장은 형편없고 이상해 보일지라도, 언젠가 시간이 좀 지나 당신이 준비됐을 때 우연히 다시 보게 된다면 인생 만화로 남을지도 모른다는 뻔뻔한 홍보를 해본다.

늘 정신없이 바쁘고 피곤해 문화생활은 넷플릭스로 충분하다고 생각하더라도 하루쯤은 시간을 내 미술관을, 공연장을 그리고 서점을 찾기를 진심으로 권한다. 당신이 그토록 찾는 힐링은, 위로는, 용기는 늘 그곳에 있을 테니 말이다. 언젠가 당신이 준비되었기를 바라며.

"

맞아, 외로워.

그래도 견뎌내고 싶어.

그렇지 않으면, 주저앉게 되니까.

이겨내지 않으면, 앞으로 나갈 수 없게 되니까.

그런 내가 지긋지긋하니까.

난 좀 더 멋진 미래를 선택했으니까.

그렇게 결정했으니까.

<진눈깨비 소년>

6

나를 더 좋아하는 마음

빅 딜

어려서부터 실수가 잦은 편이었다. 교과서를 그대로 베껴 쓰는 간단한 숙제를 할 때도 의도치 않게 문장을, 때로는 문단을 통째로 빼먹어 수없이 야단을 맞았다. 산수가 틀리는 것은 너무 일상적이라서 포기해버린 지 오래였고.

심지어 대학 실기시험 날에도 그랬다. 감독관이 도화지 모서리에 도장을 찍어주는데, 그곳을 칠해버려 불합격 처리되었다. 시험을 마치고 나가는데 감독관이 내 시험지를 따로 빼며 한 말이 아직도 귓가에 생생하다.

"학생, 이거 부정행위인 거 알지?"

수학에는 검산이라도 있지, 인생을 둘러싼 이벤트 중에는 돌이킬 수 없는 일들이 더 많다. 그래서 중요한 일은 확인, 또 확인, 재차 확인한다. 그래도 오류가 생긴다. 어째서일까……. 오랫동안 고민을 하던 중, 초등학교 때 받은 생활통지표에서 해답을 찾았다. 수, 우, 미, 양, 가 같은 비인간적인 기록 밑에는 1년 동안 나를 지켜본 담임선생님의 따뜻한 조언이 담겨 있었다.

'주의가 산만함.'

선생님의 말씀이 맞다. 나는 쉽게 공상에 빠진다. 이것이 잦은 실수를 하는 이유이자, 아직도 운전을 두려워하는 이유다. 방향치인 것도 모자라, 종종 딴생각을 하느라 길을 잘 잃어버린다.

수업 시간에도, 길을 걷다가도, 기말시험을 보다가도, 그림을 그리다가도, 심지어 누군가와의 대화 중에도 한눈을 팔고는 한다. 그러다 보니 종종 "너, 내 말 듣고 있는 거야?" 하는 볼멘소리를 듣기도 하지만, 그때 떠올린 상상들은 내 수첩 속에 남았고 상당 부분 〈길에서 만나다〉의 에피소드에 쓰였다. 그렇게 생각하면, 내 부주의와 결코 의도하지 않은 무례는 이제껏 쓴 글감이 되었다고 할 수 있을 것 같다. 이런 것을 '빅딜Big deal'이라고 할 수 있겠지. 그렇게 따지자면, 솔직히 말해 전혀 아깝지 않다.

들꽃 같은 삶

길가에 핀 작은 들꽃들을 좋아한다. 생기 있는 들꽃의 모습을 보고 있으면 왠지 모를 용기가 생기기도 한다. 주위의 색에 맞춰 자신의 피부색을 바꾸는 곤충이나 동물 혹은 사람과는 달리, 자신의 고유한 색을 지키는 아름다움이야말로 오히려 자신을 짓밟지 못하게 하는 무기가 아닐까.

인생이 지나치게 포악해 보일 때가 있다. 그럴 때마다 흉측한 괴물이 되느니 저 들꽃처럼 아름다워지자고 다짐해본다. 물론, 말처럼 쉽지는 않아도.

동사서독

고등학교 시절은 암흑에 가까웠다. 선생님들뿐만 아니라 주변의 친구들조차 나를, 내 생각을 비하하고 괴상한 놈으로 취급해서 내가 정말 이상한가 생각될 정도였다.

그러던 어느 날, 왕가위 감독의 〈동사서독〉을 보게 되었다. 그런 영화는 정말이지 처음이었기 때문에 숨을 죽이며 그 강렬하고 아름다운 화면에 빠져들었다. 영화관에 있던 많은 사람은 나와 의견이 달랐던 것 같다. 러닝타임이 중반쯤 다다랐을 때, 객석 여기저기서 불만이 터져 나오기 시작했다. 급기야 어떤 관객은 이것도 영화냐며 큰 소리로 욕을 내뱉고는 자리를 박차고 나갔다. 그런 광경 또한 처음이었다. 하지만 나는 그 영화에 너무 매료된 나머지, 상영이 끝난 후에도 한동안 자리를 뜰 수 없었다. 매표소 앞에서 환불을 해달라는 사람들 사이를 빠져나가며 문득 이런 생각을 했다.

'아. 어쩌면 난 틀리지 않았는지도 몰라.'

왕가위 감독 역시 괴상한 사람일 것 같았고, 그렇다면 나를 이해해줄 수 있을 것 같았다. 세계적인 감독이 그렇다면, 내가 정말 이상한 것만은 아니지 않은가.

그가 그의 작품을 통해 나에게 그랬듯이, 사람은 사람에게 영향을 준다. 가능하다면, 나도 그런 사람이 되고 싶다.

더블치즈버거의 밤

가끔은 내가 제대로 가고 있는지, 한계에 다다른 것은 아닌지, 여기가 내 운의 끝은 아닌지 의문이 들 때가 있다. 오늘은 그런 생각 때문에 지나가는 바람에도 머리가 흔들릴 지경이었다. 그러다 문득 어느 멋진 독자가 인스타그램에 자신이 제일 좋아하는 만화라며 《진눈깨비 소년》의 단행본 사진을 올린 것을 발견했다. 잠시, 나는 그런대로 꽤 성공한 게 아닌가 싶어 자신을 다독였다.

살면서 조금쯤은 욕심을 부릴 필요도 있다. 세상이 만든 벽을, 자신의 한계를 넘는다는 것은 인류를 위해서도 큰 의미가 있으니까. 하지만 욕심을 부릴 때는 그와 동시에 지금까지 긴 시간을 지나온 자신에게 칭찬과 위로를 해주면 좋겠다. 계속 몰아붙이기만 해서는 결국 지쳐 쓰러지고 말 테니까.

오늘도 이렇게 잘 버틴 나를 응원하고 축하하는 의미에서 아주 소소한 선물로 더블치즈버거를 사 먹고 싶지만, 아쉽게도 내가 사는 나라에서는 그 소소한 음식을 팔지 않는다.

대체 무슨 부귀영화를 누리자고 더블치즈버거도 팔지 않는 나라에 살고 있는지 모르겠다. 다시 고민이 깊어지기 시작 했다.

“

아무것도 없는 어둠, 고요한 시간.

하지만 온도가 다르다.

칠흑처럼 차가운 블랙이 아니라 저 어둠 안쪽에 빛이 있다.

암막이 걷히면 쏟아지는 눈부신 빛이

세상을 가득 메울 것이다.

차임벨을 울리고 영화를 시작하는 극장처럼.

나는 그 순간을 몹시 사랑한다.

긴장할 필요는 없다.

이미 몇십, 몇백 번 머릿속에 그려왔던 장면들이 아닌가.

어깨에 힘을 빼고, 편안한 마음으로 가자.

< 길에서 만나다 >

위로의 공간

이유 없이 초조해지거나 불안해지는 순간이 있다. 그럴 때면 늘 〈보내지 못한 편지〉가 수록된 김광민의 1999년 앨범을 듣는다. 그러면서 언젠가 갖고 싶은 나의 작업실을 상상해본다. 방의 크기라든가 벽의 색감, 바닥의 재질, 책상의 종류와 위치, 책장의 크기, 오디오의 종류와 위치, 벽에 걸린 시계의 모양, 빛이 들어오는 각도, 화초의 종류…… 천천히 여유롭게 상세한 부분까지 생각하다 보면, 의외로 마음이 차분해진다.

또 하나의 방법이 있다면 나만의 장소에 가서 쉬는 것이다. 나만 알고 있는 어느 골목의 카페도 좋고, '금요일의 숲'이라고 내가 이름 붙인 곳도 좋다. 한강공원을 걸어도 좋고 집 근처의 놀이터에 앉아 그네를 타도 좋다. 그곳에서 시간을 보내는 것만으로도 기분이 한결 나아진다. 머리의 엉킨 고리를 풀어주는 공간이 있다는 사실은 그 자체로 위안이 된다. 지금 당장 갈 수 없다면 눈을 감고 상상하는 것만으로도 도움이 된다. 혹시 운이 좋다면, 그곳에서 고독해질 때쯤에 당신을 무척 아끼는 사람이 영화의 한 장면처럼 "여기 있을 줄 알았어"라며 당신을 찾아낼지도 모르는 일이다.

버 킷 리 스 트

몇 년 동안 잘 쓰던 노트북이 고장 났고, 수리할 수 없다는 소리를 들었다. 어쩐지 울적한 기분이 되었다. 물건 따위에 애착을 갖지 않는다고 생각했는데, 그렇지만도 않았던 것일까. 기계는 고장 나기 마련이다. 사람도 그렇다. 슬퍼하기만 할 일은 아니지만, 내 몸 어딘가도 언젠가 고칠 수 없는 날이 온다고 생각하니 나 자신에게 좀 애틋한 마음이 생겼다.

그래, 좀 더 잘해줘야겠다. 맛있는 것도 많이 먹고. 여행도 많이 다니고. 아, 잠도 충분히 자고. 죽을병 걸려 끄적이는 버킷 리스트가 다 무슨 소용이란 말인가.

혼자 하는 여행

스타일이라고까지 하기는 좀 웃기지만, 내 여행의 대부분을 차지하는 것은 '낯선 곳을 걷는 이방인의 기분'이다. 세계적인 방향치가 익숙하지 않은 장소를 걸으니 당연히 금세 길을 잃고 헤매게 된다. 그러다 배가 고프면 비교적 손님이 적당히 있는 식당에 들어가 오늘의 추천 메뉴를 시켜 밥을 먹고, 식당 주인에게 길을 물어 호텔로 돌아온다. 이 방식대로 여행하기 위해서는 혼자 떠나야 한다.

홀로 하는 여행의 최대 장점은 계획을 세우지 않아도 된다는 점이다. 일할 때는 늘 예정대로 움직여야 한다. 외따로 일한다고 달라지지는 않는다. 마감은 정해져 있고, 스토리, 콘티, 채색, 편집까지 늘 하루하루 해야 할 업무들이 있다. 그런 정해진 일상에서 벗어날 수 있다는 것은, 여행이 주는 즐거움 중 하나다. 기분 좋은 곳에서 몇 시간이고 앉아서 쉬어도 되고, 종일 걷는다고 해도 비난하거나 재촉하는 사람도 없다. 무엇을 먹을지 누군가와 상의하지 않아도 되고 길을 잃어도 조급해지지 않는다. 아이러니하게도 완벽하게 혼자가 되었을 때 자신이 무엇을 사랑하는지 알게 된다. 보고싶은 사람이 생긴다. 그리고 싶은 이야기가 떠오른다. 그러니, 진정한 여행은 원래 혼자 하는 것이다.

"

고개를 들어, 높은 곳을 찾는다.

그리고 다시 걷는다.

이것이 방향치가 세상을 살아가는 요령이다.

7

행복을 꿈꾸는 마음

바람이 알려주는 것

자다가 바람 소리에 잠이 깼다.

이런 밤에 창밖을 보고 있으면, 내가 얼마나 잘 살고 있는지
를 느끼게 된다.

이곳은 100미터만 걸어가도 이 바람에 날아가지 않도록 수
많은 가족이 텐트를 붙잡고 있는 장면이 펼쳐지는 나라다.

인도는 내가 얼마나 많이 가졌는지를 깨닫게 만든다.

수면의 과학

요즘은 좀 많이 잔다. 생각해보면 원래 잠이 많았는데, 바빠진 후부터는 많이 자면 죄책감에 시달리고 불안해져서 별로 못 잤던 것 같다. 그 대신 커피를 마셨다. 그러다 보니 평균 수면 시간이 다섯 시간밖에 되지 않았다.

요즘은 낮잠을 포함해 두 시간이나 더 잔다. 분명한 변화가 있다면 하루에 두 시간 더 행복해졌다는 점이다. 충분히 자고 일어나서 그림을 그리면 즐거운 기분이 든다. 커피도 좀 덜 먹는다. 그 덕분에 식도염 발생 빈도가 줄었다. 예전에는 일을 마치고 잠을 잤다면, 요즘은 우선 잠을 잔다.

만약, 당신이 지금 우울한 기분 속에 있다면 당장 눈을 좀 붙이는 편이 좋겠다.

목적과 원인

언젠가 친구에게 물었다.

"우리는 행복해지기 위해 사는 걸까?"

친구는 가만히 생각하더니 이렇게 대답했다.

"행복하기 위해 산다기보다 간간이 행복하니까 살 수 있는
게 아닐까?"

"

누가 그러는데

하나의 인생은 반드시 주변의 삶과 연결되어 있대.

그래서 인생은

하나의 색으로는 표현할 수 없다고.

<굿 리스너>

서울을 보는 마음

처음 서울에 살게 되었을 때, 솔직히 말해 이 도시를 좋아하지 않았다. 이유를 대라면 그 자리에서 수십 가지를 댈 수 있었지만, 그중에 하나는 예쁘지가 않아서였다. 고전적이지도 않고, 그렇다고 현대적인가 하면 그것도 아니고, 통일성도 없었다. 조화롭기라도 하든가.

교사였던 아버지 덕분에 강원도 산골에서 유년기를 보낸 나에게 이 도시는 쓸데없이 너무 컸다. 심지어 좀 걷고 싶은데 중간에 인도가 사라져버려 더는 걸을 수 없는 경우도 많았다. 딱 하나, 아주 딱 한 가지 좋은 점이 있다면 거리를 걷다가 우연히 아는 사람을 만날 확률이 적다는 것 정도랄까.

서울에 대한 인상이 바뀐 시점은, 대로를 벗어나 골목길을 걷기 시작하면서부터였다. 일부러 들어서려 했던 것이 아니라, 오래 정신없이 걷다 보니 좁은 길로 접어들게 되었다. 그 과정이 마치 사람을 사귀는 것과 비슷하다는 생각이 들었다. 처음에 별로였던 친구와도 속마음을 나누다 보면 깊은 우정을 나누게 되는 것처럼 말이다.

건조한 공기는 어느새 사라지고, 붉은 벽돌 위로 생기 넘치게 자라고 있는 담쟁이넝쿨이 나의 시선을 사로잡은 채 놓아주지 않았다. 그 후로 시간이 나면 골목길을 걸으며 머릿속에 뭉친 고민을 조금씩 털어냈다. 그러면서 이곳과 정이 들었는지도 모른다. 누가 그랬던가, 위경련만큼이나 무서운 게 정이라고.

이제 누가 내게 서울을 좋아하는 이유를 대라고 하면 그 자리에서 수십 개를 댈 수 있다. 딱 하나만 말하라고 한다면, 지금 내게 서울이 무척 아름답다고 하겠다. 겉은 차갑지만 사귀어보면 따뜻한 친구와도 같다. 역시 뭐든 시간을 두고 지내고 볼 일이다.

일요일 오전의 매실 고추장

만화가가 되기 전, 그러니까 낮에는 출근하고 밤에는 시나리오를 쓰던 시절이었다. 일요일이었는데, 용달차로 골목을 돌아다니며 사람을 불러 모으는 어느 아저씨의 목소리에 잠이 깼다. 쌀과 고추장을 공짜로 줄 테니 나와보라는 이야기를 하고 있었다. 당시에는 집에서 전혀 밥을 해 먹지 않아 쌀이 궁하지도 고추장이 필요하지도 않았지만, 피리 소리를 따르는 아이들처럼 골목으로 나갔다. 꽤 많은 동네 사람이 피리 부는 아저씨 앞을 에워싸고 있었는데, 그는 지방 토산품을 선전하러 나왔다며 공짜로 한번 먹어보고 괜찮으면 다음에도 주문해달라고 했다. 하지만 그냥 주면 재미없으니 자기가 내는 문제를 맞혀보라고 덧붙였다. 그럼 그렇지, 세상에 공짜가 어디 있나, 하고 발걸음을 돌리려는데 피리 부는 아저씨의 목소리가 들렸다.

"영화 〈밀양〉의 감독은?"

나는 반사적으로 손을 들고 소리쳤다.

"이창동!"

싱글벙글한 표정으로 쌀과 매실 고추장을 받아 들고 자취방으로 돌아왔다. 왜였을까. 나는 왜 필요하지도 않은 쌀과 고추장에 혹해 밖으로 나갔으며, 저 아저씨는 왜 영화에 관련된 문제를 냈을까. 그것보다 이창동 감독은 왜 국어 선생님을 때려치우고 영화를 찍었을까. 그 무엇에 대한 답도 여전히 알 수 없다.

그날 아침, 난 공짜로 받은 쌀로 밥을 했다. 그렇게 반짝반짝 윤기가 도는 밥은 정말 오랜만이었다. 반찬도 없이 그저 매실 고추장에 비벼 입에 넣었는데 눈물이 날 정도로 맛있는 게 아니겠는가. "와, 맛있다. 맛있어!" 하며 세 공기를 먹어치웠다.

살다 보면 가끔 알 수 없는 이유로 찾아오는 행운과 행복이 있다. 그런 행운이 있다면, 역시 후회 없이 맛있게 밥을 지어 먹어도 괜찮을 것 같다.

누군가의 응원

데뷔하기 전, 그림을 그려 블로그에 올리고는 했다. 하루 평균 방문자가 다섯 명 정도이던 어느 날부터, 한 분이 꾸준히 찾아와 계속 그림을 그리면 틀림없이 좋은 결과를 얻을 것 같다는 등의 댓글을 남겨주었다. 이상하게도 내가 데뷔한 후로는 전혀 댓글을 남기지 않는다. 생각해보면 그 작은 칭찬이 내게 큰 용기를 주었다. 그림 스타일을 고민하는 대신, 잘할 수 있는 방식으로 계속 그릴 수 있었다. 아직도, 언젠가는 그분에게 고마운 마음을 전하고 싶다. 그분은 내가 만화가가 되어 회사도 그만두고 단행본도 낼 것이라고 예상했을까? 자신이 남긴 댓글 한 줄이 내게 큰 힘이 되었다는 사실을 알까? 나도 누군가에게 그런 사람이 되고 싶다.

"

사람은 누구나 한 번쯤 자신의 미래에 대한 꿈을 꾼다.

꿈, 장래희망, 비전, 목표…

뭐라고 부르건, 그것을 이루는 사람은 결코 많지 않다.

재능이 없어서, 머리가 나빠서, 가정형편이 어려워서,

부모의 반대로, 의지가 약해서, 여자 친구가 싫어해서…

이유야 많지만,

현실을 받아들여 어른이 되어야 했던 사람들은

꿈을 꾸었던 시절을 지난 추억과 함께

서랍 속 깊은 곳에 숨겨두었다가, 결국 잊어버리고 만다.

그래서 사람들은 꿈이란 사치이며,

현실을 참혹하게 만드는 허황된 신기루 정도로 여기게 된다.

또, 그것을 이루지 못했을 때

주변에서 보이는 실망, 자괴감 등이

다시는 꿈을 꾸지 못하게 앞을 가로막는다.

실패는 곧 두려움이 되기 때문이다.

어른이 된 우리는,

한번 실패한 우리는 정말 꿈을 꾸어서는 안 되는 것일까?

… 되고 싶다. 눈을 감으면 보이는 그곳에 닿고 싶다.

하지만 그것은 너무 크고, 지금 나에게는 여유가 없다.

게다가 이미 실패를 경험했다. 또다시 실패하고 싶지 않다.

난 어른이니까, 하고 싶은 것만 하면서 살 수 없는 거야.

책임감을 가져야 하니까 역시 꿈 따위는 잊는 게 좋아.

목표한 학교에 떨어졌다. 취직에 실패했다. 이혼을 했다.

부모님을, 주변을 실망시켰다.

기대를 저버리고 만 사람의 심정을

그저 슬프고 고통스럽다 정도로 표현할 수는 없겠지.

하지만, 그것이 정말 세상의 전부인가?

앞으로 모든 것을 포기할 만큼?

영원히 낙오자가 되어야 할 만큼?

속으로 울어봐야, 내 속만 아프다.

첫사랑을 이루지 못했다고

평생 사랑하지 않는 것은 바보 같은 짓이다.

첫 번째 꿈을 이루지 못했다고

평생 꿈꾸지 않고 살아간다는 것도 역시 바보 같은 짓이다.

지금은 아무것도 하고 싶은 것이 없다고 말할 수 있다.

지금은 누구도 사랑하고 싶지 않다고 말할 수 있다.

하지만 앞으로 더는 꿈꾸지 않겠다고,

앞으로 다시 사랑은 없다고 마음을 닫아버리는 것은

그 누구에게도 이익이 되거나 복수가 되지 않는다.

마음속에 솜털만큼의 희망이 남아 있다면,

아주 어둡고 깊은 곳일지라도

0.1도의 사랑이 남아 있다면 두 번째 꿈을 꾸어도 좋다.

첫 번째 꿈을 가졌을 때

우리는 너무 어렸고 아무런 경험이 없었다.

첫사랑은 얼굴이 빨개질 정도로 서툴렀다.

어쩌면 또 실패할지 모른다.

두 번 다시 겪고 싶지 않았던 마음 부서짐의 고통,

누구에게도 위로받지 못했던 상처.

하지만 실망뿐인 과거의 자신을 빈틈없이 지키는 것이,

과연 평생 아무런 꿈을 꾸지 못하는 것보다 나은 것일까?

다시 누군가를 사랑하는 것보다 가치 있는 일인가?

물론 삶은 비정하다.

우리 중 일을 하지 않아도

충분한 돈을 가진 사람이 얼마나 될까.

필요한 돈은 나를 필요로 하는 곳에서 벌겠다.

누가 뭐래도 경제력은 중요하니까.

그리고 함께 꿈을 꾸겠다.

아니, 꿈을 지켜가기 위해 일을 하겠다.

조금은 작아졌지만, 아니 비록 초라해졌는지도 모르지만

인류애만이 위대한 사랑은 아닐 테니까.

어두운 방에 혼자 처박혀 자신을 학대하고 있는 사람에게

힘내라는 말을 하진 않겠다. 위로하지 않겠다.

다만, 당신이 이제 다시 걷겠다고,

함께 걷고 싶다고 말한다면,

길 위에 함께 달리고 있는 당신을 만난다면,

난 당신을 응원하겠다. 되도록 열심히 응원하겠다.

다시, 사랑을 시작한 당신을 위해,

두 번째 꿈을 가진 당신과 나를 위해, 힘껏 박수를 쳐주겠다.

있는 힘껏 박수를 쳐주겠다.

< 길에서 만나다 >

8

모
두
를

위
한

마
음

거 절 의 계 절

무엇을 해도 거절만 돌아오던 시절이 있었다. 그때 내가 할 수 있었던 것은 그저 한 번 피식 웃고, 동네를 한 바퀴 걷고, 내친김에 한밤의 서강대교를 도보로 건너보는 일뿐이었다. 그 시기가 준 교훈이 있다면, 세상에 보이지 않는 벽이 있다는 점이다. 지금 와 생각해보면 참으로 다행스럽기도 하다. 그 숱한 거절들 덕에 내가 지금 이 길에 있으니.

독자들이여, 지금 무엇인가로부터 자꾸 거부당한다고 느낀다면 그냥 포기하시기를. 당신들이 쉽게 체념하면 누군가가 조금 더 오래 먹고살 테니. 다만, 당신이 나의 기대를 저버린 채 포기하지 않고 앞으로 계속 걸어나간다면 언젠가 우리는 같은 길에서 만나 함께 콧노래를 부를 수도 있겠지. 나는 포기하지 않고 계속 걸을 테니까.

무의미한 시간 같은 것

언젠가 오랜만에 만난 대학 친구가 보여달라고 한 적도 없는 그림을 보여주며 말했다. 이제야 가야 할 길을 찾은 듯하다고. 왜 이렇게 돌아왔는지 모르겠다고. 그동안의 세월이 아깝다고.

네게 필요한 시기를 보냈을 뿐이라고 그를 위로했지만, 어쩌면 그 말은 나 자신에게 하고 싶었던 것인지도 모른다. 나도 모르는 사이에 듣고 싶은 말을 입에 담는 습관이 생겼는지도 모르겠다.

나 역시 너무 많은 시간을 흘려보냈다. 하지만 지금 이 순간 역시 그 버려진 것처럼 보이는 날들 덕분일 테니까. 그러니 무의미한 시간 같은 것은 없다. 그렇게 믿고 싶다.

- 종이에도 앞뒤가 있나요?

- 모든 건 앞뒤가 있지.

- 눈으로 보기에는 별 차이가 없는데요. 만져봐도… 잘…

- 간혹 시험장에서 실수로 도화지 뒷면에 도장을 찍어주는 경우도 있지. 처음에는 별거 아닌 것 같지만 시간이 지날수록 차이가 심해지지.

- 종이를 바꿔달라고 해야 하나요?

- 선택해야지. 그 순간에도 시간은 흐르고 있으니까.

- 구별하는 법, 당장 배워야겠는데요?

- 간단해. 종이의 질감을 확인하는 거야. 상대적으로 부드러운 쪽이 앞면. 중간은 없어. 앞, 아니면 뒤. 쉽지? 지금은 그저 선 긋는 법을 배우는 것뿐이어서 지겨울지 모르지만, 시간이 지나면 그것만 배운 게 아니라는 걸 알게 될 거야. 그러니까 좀 지겹다고 포기하지 마. 뭔가를 위해 노력한 시간은 절대 배신하는 법이 없거든.

<진눈깨비 소년>

이와이 슌지

이와이 슌지 감독의 오랜 팬이다. 학창 시절 그의 영화들을 보며 '정말 짜증 나게 멋진 인간이다'라고 생각했다. 아직도 내 인생의 영화 0순위는 〈러브레터〉다.

영화 촬영차, 일본에서 몇 개월 머물 때의 일이다. 술자리에서 내가 이와이 슌지 감독의 팬이라고 밝히자, 현지 스태프들은 이와이 감독이 일본 영화계에서는 그리 인정받지 못한다며 그림 콘티로 영화를 찍는 거의 유일한 일본 감독이라고 말했다. 그래도 나는 이와이 슌지 감독의 팬이기를 그만두지 않았다.

그 후에도 그가 만든 영화들을 보며 생각했다.

누구에게 대단한 인정을 받는 게 그렇게 중요한가?

아니다. 길 위에 서 있다면 그냥 그 길을 걸으면 될 뿐이다.

"

내가 살아보니까 그래.

업이라는 게,

강을 건너는데 발가락에 물고기가 끼어 잡는 수도 있고,

그물을 치고 오후 내내 기다려도 허탕을 치는 수가 있지.

그런데 넌 족대를 가지고 강에 뛰어들어

사방팔방 휘저으며 고기를 잡는 거야.

이 일을 하면서 많은 어려움을 겪겠지만,

그걸 잊지 않았으면 좋겠구나.

네 손으로 족대를 잡은 거라는 걸.

그럼 좀 덜 힘들 게다.

<진눈깨비 소년>

머니볼

첫 회사에는 '프리랜서 비디오 저널리스트'라는 역할로 들어
갔다. 드라마 메이킹 필름을 만드는 일이었다. 월급은 140만
원이었지만 이것저것 보태다 보면 통장에 들어오는 돈은
200만 원 정도였다. 담당하게 된 첫 드라마는 〈패션70s〉였
는데, 촬영 현장에 가보니 조명기사가 영화 일을 할 때 만난
친구였다. 그 말고도 아는 얼굴이 많았다. 여기는 개미지옥
인가. 멀리 도망쳤다고 생각했는데, 하는 일이 달라졌는데,
주변은 낯설지가 않았다. 솔직히 '일'이라고 하기에도 민망
할 정도의 업무를 하고 있었다. 이렇게 쉽게 돈을 벌어도 되
나 싶었다. 소리칠 만한 사건도, 화낼 만한 상황도, 고민할
만한 문제도 없었다.

하루는 사무실에서 온종일 싸이월드만 하는 게 미안해서 애
프터 이펙트(영상 합성을 위한 어도비사의 프로그램)로 드라마 홈페
이지 인트로를 만들었다. 내가 일을 꽤 잘했는지, 메이킹 필
름 말고도 이런저런 주문이 쏟아졌다. 결국, 야근은 물론 주

말과 휴일에도 출근하게 되었다. 다시 말하지만 난 프리랜서였다. 말이 좋아 프리랜서지, 비정규직도 아닌 아르바이트였다. 내가 멍청한 짓을 했다는, 무언가 일이 잘못 돌아가고 있다는 자각을 했지만 후회해도 이미 늦은 시점이었다.

회사에 다닌 지 8개월 정도가 지났을 때, 정규직 제의가 들어왔고 고민이 시작되었다. 회사를 계속 다닐 마음이 전혀 없었기 때문이다. 감독 데뷔가 눈앞이라고 생각했다. 쓰고 있던 시나리오만 완성되면 단돈 5,000만 원에 '싸게' 팔 생각이었다. 정가는 1억 원인데, 내가 연출을 맡는 대신 반값만 받는다는 계획이었다. 실베스터 스탤론도 무명 시절 자신이 주연을 맡는 조건으로 30만 달러 이상을 포기하고 〈록키〉를 찍었으니, 나 역시 그렇게 할 요량이었다. 결국, 정규직이 되는 대신 이직을 선택했고 옮긴 회사에서는 쓸데없는 짓을 하지 않고 시키는 일만 했다. 그 덕분에 정시에 퇴근할 수 있었다. 이직 6개월 뒤에 전 회사에서 스카우트 제의가 들어왔다. 그때 받던 연봉에 1,500만 원을 더 준다고 했다. 어쩐지 2,000만 원어치 일을 더 시킬 것 같아 정중히 사양했다.

4년 뒤에는 땅을 치고 후회했다. 단 한 편의 시나리오도 팔지 못한 채였고, 어쩐지 앞으로도 안 될 것만 같았다. 차라리 그때 제안을 받아들였더라면 돈이라도 더 벌었을 텐데. 물론, 지금은 돈 때문에 회사를 옮기지 않아 다행이라고 생각한다. 1,500만 원 대신 시간을 얻었고 그것을 이용해 나의 데뷔 만화를 그렸으니까.

〈머니볼〉이라는 영화를 좋아한다. 원래 브래드 피트를 좋아하기도 하지만, 이것은 정말 그의 배우 인생 최고작이다. 주인공 빌리 빈은 촉망받는 고교 야구선수였다. 대학에 진학하는 대신 엄청난 돈을 받고 메이저리그에 데뷔했지만 처절하게 실패한다. 훗날 메이저리그 꼴찌 팀 오클랜드 애슬레틱스의 단장이 된 그는 클리블랜드 인디언스라는 팀에 있던 통계 전문가 피터 브랜드를 영입해 메이저리그 최초로 20연승을 달성한다. 그러자 명문 구단 보스턴 레드삭스가 연봉 총액 1,250만 달러를 제시하지만, 그는 오클랜드에 남는다. 그때 그의 말이 무척 인상적이었다.

"나는 이미 한 번 돈 때문에 잘못된 선택을 한 적이 있어."

단언하건대, 회사는 당신의 미래에 관심이 없다. 그저 당신의 시간을 사서 돈으로 바꿔줄 뿐이다. 기업은 사람을 더 쓰는 것보다 직원에게 얼마를 주며 일을 시키는 게 더 싸다는 걸 안다. 그래서 당신은 야근을 하고 주말, 휴일에도 일을 할 수밖에 없다. 물론, 돈은 중요하다. 그것이 삶을 윤택하게 만들기도 하니까. 하지만 얼마를 받는지보다, 얼마나 많은 시간을 일하는지 한 번쯤은 생각해보면 좋겠다. 꿈꿀 모든 시간을 돈과 바꾸지 않기를 바란다.

"

회사라는 건,

인생이라는 긴 철로 위를 달리는 열차 같은 거야.

처음 탈 때는 설레기도 하고,

그 열차에 타고 있으면 이제 걱정 없다 생각하지.

마치 영원히 달릴 수 있을 것 같거든.

비가 와도 눈이 와도 안전할 거라고 착각해.

물론 객차에 앉아 밖을 보고 있으면 안심이 되지.

하지만 결국 언젠가는 자기 자리를 내줘야 하는 날이 다가와.

문제는 그게 언제인지 내가 정하는 게 아니라

회사가 정한다는 거야.

너도 열차에서 내리게 됐을 때를 생각해야 해.

열차 안을 너무 믿지 마.

인정도 바라지 말고.

회사는 네 미래에 관심 없어.

그걸 남에게 맡기면 안 되지.

자기가 회사를 위해 얼마나 열심히 일했는데

이럴 수 있느냐고 화를 내도, 후회해도 소용없어.

자기 미래는 자기가 챙겨야 해.

물론 돈 받는 만큼 책임은 다해야지.

배울 수 있는 건 잘 배워서 네 걸로 만들고.

언젠가 다 필요해.

<진눈깨비 소년>

시작과 끝

회사에 다니던 시절, 편집실에서 내쳐져 사업부로 전출되었다. 그 부서의 직원들은 매년 말 신규 사업 제안서를 제출해야 했는데, 내가 낸 것이 단번에 덜컥 승인돼버리는 바람에 프로젝트를 하나 맡게 되었다. 산수도 잘 못하는 미대 졸업생이 사업을 제대로 할 수 있을지에 대해서는 생각도 안 했는지, 회사는 투자금까지 책정해주었다. 그때는 뭐랄까……착륙법도 모른 채 등 떠밀려 이륙한 기분이었다. 그렇다고 아주 지옥 같기만 했던 것은 아니었다. 분명 흔치 않은 기회였고, 이 일을 해내는 경험이 앞으로의 인생에 큰 도움이 될 것 같았다. 그리고 입사 5년 차였던 그제야, 내가 회사에 다니기는 한다는 실감이 나기도 했다. 다만, 내가 지금 어디로 가고 있는지, 목적지에 도착하면 안심하고 착륙할 수 있을지 자신이 없었다. 하긴, 확신이 있는 직장인이 얼마나 될까. 어느 날, 새벽 5시쯤 택시를 타고 강변북로를 달리는데 (이 시간의 강변북로가 얼마나 아름다운지 당신도 봤기를!) 문득 이런 생각이 들었다. 만약 목적지와 착륙법을 안다면 조금 더 지금의 일을 즐길 수 있지 않을까. 그러면서 다시 영화 시나리오가 생각났다. 수십 번을 포기하기로 결심했지만 여전히 글을 쓰고 만화를 그리고 있었다. 비록 재미없다는 이유로 줄기차게 퇴짜를 맞긴 했지만, 적어도 내 시나리오를 어떻게 시작하고 끝내야 하는지는 알고 있었다. 그리고 깨달았다. 내가 제일 재미있게 할 수 있는 일은 역시 이야기를 쓰고 장면을 만들어내는 분야라는 걸.

만약 당신이 다른 일을 찾고 있다면, 그것을 어떻게 시작하고 또 어떻게 끝낼지 생각해봤으면 좋겠다. 시작과 끝을 알고 있다면, 그 일을 좀 더 즐겁게 할 수 있을지도 모르니까. 당신이 그런 일을 찾기를 진심으로 바란다.

문제를 푸는 방법

전에 같은 회사에서 인턴으로 일하던 친구가 이런 이야기를 했다. 자신이 무엇을 좋아하는지 모르겠다고. 그래서 앞으로 어떤 일을 해야 할지 고민이라고.

취업을 앞둔 후배들을 보면 비슷한 문제를 안고 있는 경우가 많다. 그런데 대부분은 자신이 무엇을 좋아하는지만 신경 쓰고 무엇을 싫어하는지는 생각해보지 않는 듯하다. 심지어 무언가를 싫어하는 마음을 죄악에 가깝게 느끼는 것 같기도 하다. 하긴, 살면서 무엇을 싫어하느냐고 묻는 말을 들은 적은 거의 없었다. 그 대신, 무엇을 좋아하느냐는 질문을 수십 수백 번 받았다. 그러다 보니 당연히 오랜 시간 동안 들어온 물음에 대한 답만 찾아 헤맬 수밖에.

어떤 일을 할지 고민하는 이들에게 이런 말을 해주고 싶다. 하고 싶은 일을 찾았다 하더라도, 원하는 직장에 합격한다고 하더라도 다른 문제들이 생기기 마련이라고. 그것을 견디지 못해 그만두는 사람들도 꽤 있다. 그러니, 무엇을 좋아하는지도 중요하지만 무엇을 싫어하는지, 견디기 힘들어하는지 고민해볼 필요가 있다.

맛없는 식당에는 다시 가도 불친절한 식당에는 두 번 다시 가지 않는다. 편식을 즐기지만, 특정 재료가 들어 있지 않은 한 내 입이 그리 까다로운 편이 아니라서 맛없게 먹은 기억이 오래가지도 않는다. 다만, 불친절한 경험은 오래 기억에 남아서 두고두고 거르게 된다.

선다형 문제를 가장 쉽게 해결하는 방법은, 물론 정답을 아는 것이다. 하지만 정답을 모를 때는 오답을 하나씩 지워가는 것도 방법이 될 수 있다.

20대의 눈물

20대 후반에 조급해지지 않기란 쉽지 않다. 그때는 누구나 뛰어난 사람이 되고 싶어 하고, 또 어쩌면 될 수 있을 것 같다고 생각한다. 그래서 자신도 모르게 발걸음이 빨라진다. 대단한 무언가를 빠르게 해내고 싶어 하다가 실패하기도 하고, 좌절하고 슬퍼하기도 한다. 20대 끝자락에 흘리는 눈물만큼 흔한 것도 없다.

너무 낙심하지 않기를 바란다. 무언가를 위해 노력한 시간만큼은 결코 자신을 배신하지 않으니까. 그러니 계속 걷는 게 좋겠다. 언젠가 지금의 각오를 써먹을 날이 오고야 말 테니까. 그러니 멈추지 말고 계속 나아가는 게 좋겠다.

오늘의 시간

20대에는 그런대로 꽤 많은 소설을 읽었고 영화를 봤다. (솔직히 영화는 좀 적당히 볼 걸 그랬다는 후회도 있다.) 만화가가 된 후에는 무언가를 집중해서 오래 잡고 있기가 어려워졌다. 뭐 대단한 작품을 그린다고, 극장에 가도 영화를 보며 다음 원고를 생각한다. 앉은자리에서 단숨에 장편소설 하나를 읽고 새벽을 맞는 낭만적인 일은 이제 다음 생에서나 가능할 듯하다. 이 점은 다소 아쉽기도 하다.

아직 진로를 정하지 못해 무엇을 해야 할지 잘 모르겠을 때는, 자신이 좋아하는 무언가를 가능한 한 많이, 또 오래 봐야 한다고 생각한다. 그렇게 시간을 갖고 충분히 알아가는 사이, 당신이 찾고 있는 그 무언가를 발견할 수도 있을 것이다. 현재 당신에게 필요한 사항이 입력인지 출력인지는 내가 알 수 없고, 사실 내 알 바도 아니다. 다만, 당신이 아직 길을 찾고 있다면 오늘 그렇게 미친 듯이 빠져들어 먹어치우고 소화한 시간이 언젠가 반드시 자산이 되리라 믿고 너무 자책하거나 조바심 내지 않았으면 좋겠다. 누구에게나 다 '때'가 있는 거고, 그 '때'는 반드시 찾아오니까.

멈춰야 하는 순간

여기서 멈추느냐, 아니면 원하는 만큼 더 나아가느냐.

어떤 일을 하든 선택의 기로에 서기 마련이다. 홀로 하는 일이라면 그나마 방향을 택하기 수월하다. 하지만 팀을 이끄는 사람이라면 어디로 갈지 정하는 것만큼이나 어디에서 멈추어야 하는지 판단하는 것이 중요하다. 그리고 그 결정의 순간만큼은 혼자가 된다. 지친 사람들에게 "조금 더"라고 말하기란 생각처럼 쉽지 않다. 왜 더 전진해야 하는지 이유를 자세히 설명해주고 설득할 수 있다면 좋겠지만, 그렇지 못할 때도 있다.

언제 마침표를 찍어야 할지 정하기 어려울 때마다, 데생 선생님이 알려준 방법을 쓴다.

"시간이 되면, 그때 멈추는 거야."

아, 예상보다 일이 일찍 끝날 때는?

애석하게도 그런 날은 아직 찾아오지 않았다.

그럼, 그 시간을 알 수 없을 때는?

그때는 그냥 계속하는 수밖에 없다. 조금 더, 조금 더, 하면서 말이다.

- 차라리 누군가 신호 같은 걸 줬으면 좋겠어. 뭔가를 그만둬
  야 할 때, 언제 멈춰야 할지 망설일 때, 타이밍을 알려주는
  신호등 같은 거 말이야.
- 만약 그런 게 있고 빨간 등이 켜진다면… 아무 망설임 없이
  브레이크를 밟고 널 제외한 모든 것이 멀어지는 걸 바라보
  고만 있을 수 있겠어? 난 그렇게 못 할 것 같은데…
- 겁쟁이가 된 것 같아. 무언가를 결정하기가 점점 두려워져.
  예전에 내가 내린 선택들이 시간이 갈수록 무너져가는 기
  분이야. 그래서 또 다른 결정을 하는 게 겁이 나.

< 진눈깨비 소년 >

말 사이의 간격

해야 할 말과 하지 말아야 할 말을 구별하는 것은 여간 어려운 일이 아니다. 너무 신중하다 보면 자연히 말 사이의 간격이 벌어져 어색한 진공상태가 생기기도 하고, 또 이런저런 말을 하다 보면 간혹 발생하는 사소한 말실수가 오해와 다툼의 원인이 되기도 한다. 재미있는 사실은 이러한 말실수가 늘 해가 되지는 않고, 때로는 자신을 방어하고 있던 벽에 의도치 않게 빈틈을 만들어 상대를 초대하는 계기가 되기도 한다는 점이다. 그리고 그 순간, 더 깊고 풍부한 대화를 나눌 수 있게 된다. 물론, 선택은 각자의 몫이다. 입을 열 것인가, 침묵을 지킬 것인가.

우리의 문장이 시간을 포위할 것이다.

단어와 단어는 샐 틈 없는 벽을 쌓아

우리만의 견고한 성을 만들고

시간은 꼼짝없이 대화의 성에 갇힌다.

그래… 어쩌면 우리에게 필요한 건,

그동안 억울하게 빼앗긴

우리의 시간을 돌려받는 데 필요한 건,

이렇게…

이야기를 나누는 시간만일지도 모른다.

< 진눈깨비 소년 >

굿 리스너

만약 무엇이든 털어놓을 수 있는 사람이 있다면, 당신은 축복받은 셈이다. 그 사람은 가족일 수도 있고, 친구일 수도 있고, 애인일 수도 있다. 그런데 때에 따라서는, 가족이라서 말하기 어려운 부분이 있고, 친구나 애인이라서 곤란한 이야기도 있다. 고민은 자연스럽게 마음의 짐이 되고 오래 갖고 있으면 병이 된다. 누구에게도 속마음을 숨김없이 말할 수 없는 그런 순간이 오면, 자신의 관계를 돌아보게 된다. 누구나 그렇다.

한편으로는 이런 생각도 한다. 나의 이야기를 들어줄 만한 사람이 없다는 것은 나 역시 누군가의 말에 귀를 기울이지 않았다는 뜻이 아닐까. 문제를 받으면 풀어야 한다는 강박에 나에게 말해도 소용없다고, 난 잘 모르겠다고 할 수도 있겠지만, 누군가에게 어떤 고민을 털어놓는다고 해서 그에게 반드시 정답을 구하고 싶다는 뜻은 아니다. 그저 누군가 내 말을 들어주고 공감을, 혹은 응원을 해주기를 바라는 마음이겠지.

고민에 대한 답은 이미 자신의 마음속에 있을 테니까. 또 그래야 하고.

선택을 위한 투표

우리는 다수결로 정하는 선거에 익숙해져 있지만, 이미 그것이 그다지 똑똑한 시스템이 아니라는 사실을 안다. 그렇다고 대체하는 체계를 만들려면 또 다른 선거를 해야 하니, 다행인지 불행인지 이 제도는 당분간, 아니 오래 유지될 것이다.

비단 사회와 국가의 문제만은 아니다. 나의 마음도 별반 다르지 않다. 어떤 것을 선택해야 하는 이유와 그러면 안 되는 이유를 열거한다. 그리고 투표를 한다. 마치 두 개의 카메라 성능을 비교하며 고민하듯 말이다.

직업을 구할 때도, 직장을 옮길 때도 마찬가지다. 이것저것 생각해볼 조건이 많다. 연봉, 미래 가능성, 회사의 브랜드 가치, 복지, 구내식당 여부, 회사 위치 등등. 또는 (요즘도 직업을 선택할 때 이런 것을 고려한다면) 나의 꿈이나 재능이라든가. 함정은 이 모든 항목에 똑같이 한 표를 줄 때다. 우리는 대부분 이 함정에 빠진다. 그러나 너무 절망하지는 않았으면 좋겠

다. 적어도 취업이나 이직은 어떤 결정을 하든 매달 통장에
돈이 꽂히긴 하니까. 그건 또 나름대로 가치가 있지 않은가.

"

기쁨도 슬픔도, 기대와 불안, 두려움도 자신의 선택이다.

용기다.

나는… 나는… 용기를 내어 지금을 선택해보기로 했다.

<진눈깨비 소년>

착한 사람

내가 싫어하는 성격 중 하나는 자기도 바쁘면서 타인의 부탁을 거절하지 못하는 유형이다. 물론 상대방의 요구를 잘라내기 어려운 상황도 있지만, 그런 사정이 만성적으로 발생한다면 분명 문제가 된다.

내 주변에도 거절을 못 하는 친구가 있다. 세상은 이런 성품의 소유자들을 '좋은 사람'이라고 쓰고 '사람이 너무 착해서 탈이야'라고 읽는다. 하긴, 세상에 나 같은 인간만 있다고 해도 그게 꼭 좋은 일은 아니다. 오히려 지금보다 끔찍하겠지. 적당히 좋은 놈, 나쁜 놈, 이상한 놈이 어우러져야 활기 있는 사회가 구성된다.

삶의 철학과 신념을 가지고 남을 돕는다면 그것은 존경받아 마땅하다. 하지만 거절을 못 하는 사람들 대부분은 자신의 그런 면에 대해 괴로워한다. 학생 때야 그렇다 쳐도 사회에 나와 일하다 보면, 여기저기서 들어오는 부탁을 걸러내지 않고는 자신의 업무를 제대로 해내기 힘들다. 거절을 잘 못하는 사람들은 심지어 자신이 힘들 때 남에게 도움도 잘 요청하지 못한다. 그런 성격을 가졌던 내 친구 세 명 중 두 명은 근래 아주 많이 바뀌었다. 다른 한 명 역시 조금씩 달라지고 있다. 이 친구들의 공통점이 있다면, 눈물 콧물 다 빼고 심장을 도려낼 만큼의 고통을 겪었다는 것이다. 애석하게도 이런 성격은 가족, 친구가 옆에서 아무리 욕과 협박을 일삼아도 소용없고, 자신이 진짜 쓴맛을 봐야 고쳐진다. 하지만 불행히도 그때는 인생에서 아주 소중한 무엇인가를 잃고 난 후일지도 모른다.

금메달과 눈물

내가 어렸을 때는 국가대표 선수들이 올림픽 같은 데 나가서 금메달을 따면 하나같이 울음을 터뜨렸다. 중계자도, 국민도 같이 울었다. 한목소리로 "대한민국 만세!"라고 외쳤다. 은메달을 따면 억울해서 울었다.

언제부턴가, 세계 정상에 오른 순간 눈물을 흘리면 멋이 없다는 인식이 생기기 시작했다. 서양 선수들은 메달을 따지 못해도 즐거워서 깡충깡충 뛰는데, 스포츠 강국이라 불리는 대한민국은 금메달 귀신이 붙었는지 따도 울고 못 따도 우니 외국 중계자들도 빈정댈 정도였다. 그때는 나도 뭐가 저렇게 서럽나 싶었다.

지금 와 생각해보면, 그 당시 운동선수들은 죄다 가난했다. 운동이라도 하면 학교에서 우유와 라면을 주었고 시합에서 이기면 고기를 사줬으니, 가난한 아이들은 그것이라도 해야 했다. 금메달을 목에 걸기 위해 중학교 때부터 이를 간 아이들은 바보가 아니었다. 가장 가까이에 있는 밝은 미래를 향해 손을 뻗었을 뿐이었다. 자신만을 위해서? 아니다. 가족을 위해서였다. 아이들은 금메달을 따면 살림살이가 나아진다는 사실을 텔레비전을 통해 목격했다. 엄마를, 아빠를, 동생들을 위해 그들은 사력을 다해 달렸다. 학교 수업에도 들어가지 않았다. 오직 하나에 전력을 쏟지 않으면 뒤처질 게 뻔한 게임에서 수업조차 그들에게는 사치였다. 물론, 승자가모든 영광을 갖는 시스템 속에 아이들을 몰아넣고 배틀로열과 같은 규칙을 쥐여준 대상은 국가였다. 대한민국 국가대표가 되는 것이 올림픽에서 금메달을 따기만큼 어렵다는 말도 있었다. 가만히 생각하면 그것도 참 대단하다. 이 작은나라의 대표가 되는 일이 세계 정상에 서는 것만큼 어렵다는 사실 말이다.

지금은 예전처럼 단지 먹고살기 위해서만 운동을 하지는 않을 것이다. 그래도 자신의 모든 힘을 다해 목표를 이루었을 때만큼은 여전히 가장 뜨겁게 울어도 되지 않을까. 그 순간의 눈물은 그 자체로 멋지지 않을까. 최고가 되지 못했을 때 분해서라도, 아쉬워서라도 뜨겁게 울어도 되지 않을까. 나라도 울겠다. 그게 뭐 어때서. 당신이 운다면 나도 따라 울어주겠다.

"

- 눈물이 나는 건 다 울 필요가 있기 때문이래요.

- 네?

- 감기에 걸리면 온몸에 열이 나잖아요? 뜨겁게. 그건 감기 균이 열에 약하기 때문이에요. 몸에서 바이러스를 몰아내 기 위해 뜨거워지는 거죠. 그런데 해열제 같은 걸 먹으면, 감기가 잘 안 낫겠죠. 그러니까 참지 말고 우는 게 좋아요. 눈물이 나는 것도, 울고 싶은 것도, 아픈 기억을 몸 밖으로 밀어내려는 거니까…. 눈물을 참으면 상처가 아물지 않고, 그래서 기억날 때마다 아프죠. 실컷 울고 나면 무거웠던 고 민도 조금은 가벼워 보이고, 다시 걸을 힘도 생겨요. 속는 셈치고 믿어봐요.

<진눈깨비 소년>

9

그
리
운

마
음

사소한 기억

길을 걷다 보면, 불쑥 생각나는 사람이 있고 갑자기 떠오르는 영화도 있고 나도 모르게 흥얼거리게 되는 노래도 있다. 회상은 회상의 꼬리를 물고 깜짝 놀랄 만큼 사소한 기억들까지 수면 위로 끌어 올린다. 나는 어째서 이런 일들을 머릿속에 담아두었던 것일까……

멋진 하늘을 만지는 방법

예전에 사진은 만져지는 것이었다. 간직하고 싶은 풍경과 시간을 물리적인 사물에 담는 기분이 너무 좋았다. 묵직한 펜탁스 MX 카메라를 들고 많이도 쏘다녔다. 용돈의 대부분을 필름을 사고 인화하는 데 썼다. 돈이 꽤 드는 취미였지만, 이 멋진 하늘을 간직하는 데 그 정도는 괜찮은 사치라고 생각했다. 그래서인지 당시 찍은 사진들은 한 장, 한 장이 소중하다. 생각 없이 누른 셔터는 단 한 장도 없었다.

시간의 풍경

공간을 구성하는 요소가 있다면, 그중 하나는 분명 자신의 기억일 것이다. 오랜 시간 동안 멍하니 풍경을 바라보는 이유는, 단지 그 순간의 아름다움을 감상하기 위함은 아닌 듯하다. 제법 흘러버린 시간에도 불구하고 변함없이 아름다운 기억이 그 풍경 안에 녹아 있기 때문일지도 모른다.

그때의 마음

시간은 바람에 쓸려 가는 것이라고 생각한 적이 있다. 그래서 몸이 붕 뜰 정도로 바람이 많이 부는 날에는 시간이 빨리 흘러가버리는 것 같았다. 싫지 않은, 꽤 좋은 기분이었다.

요새는 시간이 너무 빨리 가서 걱정이라 바람이 싫어질 법도 한데, 가끔은 강풍이 불던 날에 서강대교를 걸으며 느꼈던 공기와 분위기 그리고 그때의 마음이 그립기도 하다.

할머니 이야기

오래전, 강원도 춘천의 효자동이라는 동네에는 매일 해 질 녘이 되면 공지천 주변을 산책하던 사람이 있었다. 그분은 내 할머니였다. 할머니는 이가 없어 늘 잇몸으로 밥을 우물 우물하시다 삼키는 까닭에 만성 소화불량에 시달리셨다. 방학이 되면 형과 나는 할아버지 댁에 맡겨졌는데, 저녁 식사를 마치면 나는 늘 할머니 손을 잡고 소화용 산책을 나섰다. 할머니는 말이 많으신 분이 아니었다. 우리는 그저 해가 질 때까지 풍경을 바라보며 걷다가 집으로 돌아왔다. 사실 그때의 경치가 자세히 기억나지는 않기 때문에 어쩌면 머릿속에 남아 있는 이미지마저도 내가 만들어낸 것일지도 모르지만, 아주 평화롭고 따뜻하며 기분 좋은 바람이 불었던 것 같다. 집마다 굴뚝에서 밥 짓는 연기가 피어오르던 장면도 생각난다. 아마도 내 인생에서 가장 평온한 계절이었으리라.

어느 방학이 끝날 무렵, '스카이 씽씽'이라는, 지금으로 말하면 킥보드 같은 것을 선물받았다. 너무 신이 난 나머지, 씽씽을 타고 혼자 산책하러 나갔다가 평소보다 기동성이 좋다고 생각해서인지 좀 먼 코스를 택하고 말았다. 그러면서도 돌아오는 길에 할머니를 만날 수 있을 것이라고 믿었다. 지금 멍청이가 그때라고 똑똑했을 리 없지. 나는 할머니를 만나지 못했고, 돌아오는 길에는 이미 다리에 힘이 빠져 더는 씽씽을 탈 수 없었다. 그냥 내던져버리고 갈 수도 없었고, 그렇다고 끌고 가자니 너무 무거웠다. 해는 어느새 떨어졌고, 난 씽씽을 질질 끌면서 또 눈물을 질질 흘리면서 집으로 향했다. 낯선 길이 아니었다. 매일 할머니와 걷던 길이었다. 그런데도 점점 무서워졌다. 검고 날카로운 풍경이 나를 삼켜버릴 것만 같았다. 어제와 다른 점은 옆에 할머니가 없다는 사실뿐이었다. 누군가와 함께 있다는 자체만으로도 풍경이 이토록 달라지는 것일까.

얼마나 더 걸었을까. 드디어 할머니의 얼굴이 보였고, 그 품으로 달려가 안겼다. 산책을 마치고 집에 돌아간 할머니는 내가 보이지 않자 다시 나오신 참이었다. 우리는 손을 꼭 잡고 다시 집으로 걷기 시작했다.

물론, 이미 풍경은 다시 바뀌어 있었다. 믿을 수 없이 온화하고 포근했다.

그 시절의 클래식

고등학교 시절, 음악 선생님은 시험 기간을 제외하고는 늘 음악실에서 클래식을 틀어주셨다. 우리는 소곤거리며, 잠을 청하며, 혹은 다른 과목을 공부하며 50분 동안 고전음악의 선율을 들었다. 아름답기로 유명한 춘천의 어느 고등학교 교정을 바라보면서 말이다. 지금 생각하면, 그저 오래된 음악을 들었을 뿐이다. 그런데 어째서 이렇게 오랜 시간 동안 그 시간과 장면이 내 기억 한구석에 자리 잡은 것일까.

친구와 선인장

내가 다닌 고등학교는 그 당시 텔레비전에서 방영 중이었던 청소년 드라마 〈사춘기〉의 배경이라는 점 외에도 춘천에서 유일하게 기숙사가 있는 학교로 유명했다. 기숙사는 춘천 이외의 지방에서 소위 유학을 온 학생들 전용이었다. 학기 초에 유학생 중 한 명과 알게 되었는데, 그는 어딘지 촌스러운 모습이었지만 U2와 R.E.M의 음악을 들었다. 그것이 이유는 아니었겠지만 (어쩌면 단지 그것 때문이었는지도 모르지만) 어쨌든 우리는 이내 친구가 되었다.

어느 날 우연히 방문한 그의 방은 아직도 눈앞에 선명히 그려질 정도로 내게 깊은 인상을 남겼다. 그런 느낌의 공간은 처음이었다. 그곳에서는 깊은 외로움과 쓸쓸함 그리고 그리움이 느껴졌다. 좀 더 좋은 교육을 받기 위해 부모님을, 친구를, 정든 마을을 떠나온 그가 측은했다. 그런 마음이 드는 것이 미안하지는 않았다. 그는 자신감과 여유가 넘쳤었고, 비유로 유머를 사용할 줄 아는 몇 안 되는 멋진 친구였으니까.

얼마 뒤 그와 나는 담임선생님의 지명에 의해 청소년 수련회에 참가하게 되었다. 전국 각지에서 모인 학생들이 일주일 동안 강원도 시골 수련원에 갇혀 금연 교육이라든가, 성교육 따위를 받는 행사였다. 어떤 경위였는지는 기억나지 않지만, 그 수련회 기간 중 하루가 그의 생일이란 정보를 알게 된 나는 평소 성격답지 않게 깜짝 생일 파티를 준비했다. 쓸쓸해 보였던 기숙사의 창가에 두라고 작은 선인장도 하나 선물했다. 다음 해에는 반이 달라졌고, 그 후로 복도를 오가며 인사나 하는 사이가 되었다. 수능을 마치고 나서는 실기시험 준비로 학교에 나가지 않았기 때문에 그 친구가 어느 학교에 갔는지조차 알지 못했다.

그의 소식을 다시 들은 시점은, 막 회사에 입사해 계속되는 야근에 지쳐갈 즈음이었다. 그가 사법연수원에 들어갔다는 이야기를 전해 듣고 검사나 변호사가 될 줄 알았으면 더 친하게 지낼 걸 그랬다는 생각도 잠시 했다. 하지만 이내 또다시 그 친구에 대해 까맣게 잊어버리고 말았다.

결국, 우리는 고등학교를 졸업한 지 14년이 지난 후에야 홍대 앞 술집에서 재회했다. 그는 전혀 촌티가 나지 않는 것 빼고는 신기할 정도로 달라진 게 없었다. "나에게 무슨 일이 생기면 네가 변호해주는 거야?"라는 고리타분한 나의 질문에 "무엇보다 그런 일이 생기지 않는 게 가장 좋겠지"라고 답하며 친구는 덧붙였다.

"그 선인장 기억나? 네가 준 선물 말이야. 아직도 살아 있어. 고등학교 졸업하고 집에 갖다 놓았는데, 지금은 엄청나게 커졌어. 사막에서 파온 느낌이라니까. 아무튼, 그 선인장을 보면 네 생각이 나더라고. 그때 정말 고마웠어. 생각도 못 했거든."

그의 말을 듣고 있자니, 14년을 초월해 생일 파티를 했던 시골 수련원의 한 공간에 마주 앉아 있는 듯한 기분이 들었다. 그 선인장을 여전히 간직해줘서 내가 더 고맙다고 하고 싶었지만 느끼해서 그만두었다. 그것은 애초에 너를 위한 선물이었지만, 지금에 와서는 어쩐지 나를 위한 선물이 된 듯하다는 말도 낯 뜨거워서 하지 않았다. 그 대신 우리는 헤어지며 악수를 했다. 오랜만에 누군가와 나눈 뜨거운 악수였다. 집으로 돌아오는 전철 안, 약간의 술기운 탓인지 향도 없는 추억 속 선인장에 취한 탓인지 감상적 마음에 바라본 서울 야경은 혼자 보기 아까울 정도로 아름다웠다.

인생의 쓴맛

나의 첫 술친구는 미술학원에서 강사를 하던 시절에 만난 데생 선생이었다. 나보다 나이가 여덟 살가량 많았지만, 그보다는 훨씬 젊어 보였다. 미남인 데다가 성격도 일품이었는데, 한 가지 흠이라면 술을 지나치게 좋아했다. 우리는 보통 수업을 마친 11시경부터 술을 마시기 시작해서 3차까지 가서야 잔을 내려놓았다. 처음에는 "한 잔만 더 하고 가자" 하는 그의 다정한 말씨와 왠지 혼자 두고 가기 미안한 마음에 한두 잔을 더 했을 뿐인데, 그렇게 몇 달이 지나자 비가 오는 날에는 비가 와서, 비가 오지 않는 날은 비가 오지 않아서 술집 문을 여는 술친구가 되어 있었다. 그해 여름부터 겨울은 온전한 정신으로 밤을 보낸 기억이 거의 없다.

우리가 술친구가 되기 전, 첫 잔을 들이켜며 내가 "크" 하는 소리를 내자, 선생은 이런 말을 했다.

"술이 참 쓰지?"

"그러네요."

나는 대답했다.

"그런데 인생의 쓴맛을 보게 되면, 그 술이 달게 느껴질 거야."

그의 말에 나는 잠자코 잔에 남은 술을 마셨다.

선생의 술잔에 담긴 단맛의 의미를 그때는 알 수 없었지만,
어쩌면 슬픔이 지나간 자리에 이 순간이 남았다는 사실이
다행스러워서 단 것은 아닐까 하는 생각을 해보았다.

'모든 사물은 시선에서 멀어질수록 흐려진다.'

그건 사물과 자신 사이에

수많은 공기의 층이 겹쳐지기 때문에,

멀어질수록 흐려지게 되는 거죠.

전 기억도 마찬가지라고 생각해요.

나쁜 기억에서 멀어지기 위해

스스로 노력해야 한다고 말이죠.

새로운 일들이 하나둘 쌓이고 쌓여,

지나간 일들을 가려주겠죠.

때문에… 아픈 상처가 마음을 찌를수록

우리는 앞으로 가야 해요.

< 길에서 만나다 >

프라이데이 이야기

프라이데이와는 고등학교 1학년 때 처음 만났다. 나보다 키가 컸고, 조금 말랐고, 얼굴이 까맸고, 늘 고개가 12시 5분 전으로 기울어져 있었던 그는 이른바 '날라리'였다. (요즘에도 날라리라는 말을 쓰는지는 모르겠지만.) 그는 그때 당시 기준으로 조금 불량한 학생이었으나 의외로 친절하고 순수했다. 싸움을 좋아하지도 않았다. 생각해보면 그가 화내는 모습을 본 적이 없다.

어느 일요일, 거리에서 그가 내 이름을 불렀다. 다른 중학교 출신이었고 학기 초였기 때문에, 친하지도 않았을뿐더러 서로에게 약간의 경계심마저 갖고 있던 때였다. 그날 그가 그 경계를 뛰어넘어 나에게 손을 내밀었다. 긴 대화를 나누지는 않았지만 우리는 그날 이후로 친구가 되었다.

고등학교 1학년 겨울방학 중의 어느 날, 그가 우리 집으로 전화를 걸어 같이 스케이트장에 가자고 했다. 스케이트장이라고 해봤자 논에 물을 넣고 얼린 곳이었다. 우리는 두어 시간 스케이트를 탄 후, 함께 있던 다른 친구의 집으로 들어가 몸을 녹이며 따뜻한 밥과 돼지고기를 넣고 볶은 김치를 먹었다. 아직도 잊히지 않을 정도로 맛있는 식사였다. 우리는 2학년 때도, 3학년 때도 같은 반이었다. 친했느냐고 묻는다면, 아마 그 교실에 있던 아이 중 그와 가장 친했다고 말할 것이다. 그렇다고 따로 시간을 내 영화를 본다거나 어울린다거나 하지는 않았다. 그런데도 우리는 각자에게 생긴 소식을 가장 먼저 서로에게 알렸다.

고등학교 졸업을 며칠 앞둔 어느 오후, 같은 반 친구에게서 전화가 왔다.

"프라이데이가 죽었어. 교통사고야. 지금 병원으로 와."

할 말을 마친 그는 다른 급우들에게도 알려야 한다며 서둘러 전화를 끊었다. 나는 만우절 이벤트 같은 졸업 이벤트인가, 생각하며 병원으로 갔다. 수능을 마치자마자 미술학원에서 실기시험을 위한 합숙을 했기 때문에 두어 달 넘게 친구들을 만나지 못한 터였다. 병원 정문 앞에는 반 친구들 몇 몇이 얼빠진 모습으로 서 있었다. 그들에게 안내를 받은 곳은 장례식장이었는데, 들어서자 프라이데이의 사진이 보였다. 이상한 기분이었다. 나를 본 그의 어머니가 프라이데이를 보겠느냐고 물어서 영안실로 들어갔다. 그러자 누군가 냉동고 같은 것을 열고 프라이데이를 꺼냈다. 그 순간 눈앞이 성에가 낀 것처럼 뿌옇게 흐려져 그의 얼굴을 제대로 볼 수 없었다. 밤을 새우고 이른 아침, 꽤 많은 친구와 함께 화장터로 향했다. 그곳에 있는 조그만 구멍으로 그의 주검이 불타는 모습을 볼 수 있었다. 밖에서는 친구들이 낄낄대며 떠들고 있었다. 한 친구가 다가와 유골을 소양강에 뿌리기로 했는데 함께 가겠냐고 물었다. 그러겠다고 말했지만, 도무지 낄낄거리는 웃음소리를 참을 수가 없어 화장터를 빠져나왔다.

그 후, 간신히 대학에 합격해 춘천을 떠났다. 대학에는 아는 사람이 단 한 명도 없어서 첫 일주일 동안은 한마디도 하지 않았다. 그리고 그 겨울 끝자락쯤부터 세상에 없는 프라이데이와 이야기를 나누기 시작했다. 영화 〈뷰티풀 마인드〉의 주인공처럼 정신이 나간 것은 아니었다. 그저 그가 보이는 듯 연기했을 뿐이었다. 나는 외로웠고, 그는 나를 이해해주는 친구였다. 우습게도 그런 대화는 위로가 되었고 나의 불안한 마음을 달래주었다.

어째서 그의 죽음이 그렇게 깊은 인상을 남겼는지는 여전히 모르겠다. 사실 내게는 그보다 더 친한 친구들이 있었고, 그들은 멀쩡히 살아 있었다. 그들에게 전화를 걸 수도 있었고 만나서 술을 마실 수도 있었지만, 나는 죽은 그 멍청이와 더 자주 수다를 떨었다. 이제 와 생각해보면 그는 내 우울의 경계선을 지키는 파수꾼 같은 존재였다. 그는 울타리 앞에 서서 실실 웃으며 내가 어떤 선을 넘지 못하게 지켜주었다.

몇 해 전, 아주 오랜만에 고등학교 동창들을 만났다. 우리는 한우를 구우며 그동안 죽은 친구들에 대한 이야기를 했다. 의외로 많은 친구가 세상을 떠났다. 그 이야기 사이에는 프라이데이도 끼어 있었다. 그 자리에 있던 한 동창이 내 필명 '프라이데이'가 그 녀석을 의미하는 것이냐고 물었다. 프라이데이가 죽었다는 소식을 알린 바로 그 친구였다. 그리고 프라이데이가 정확히 어떻게 세상을 떠났는지 말해줬다.

인도로 돌아오는 비행기 안에서, 그동안 수없이 반복해 돌려보았던 그가 세상을 떠나는 장면을 다른 필름으로 교체해야 했다. 하지만 어떤 이유 때문인지 장면을 완전히 바꾸는 데에는 실패했고 결국 그는 내 안에서 두 개의 죽음을 가지게 되었다. 어쩌면 내가 만난 동창이 잘못 알고 있을 수도 있으니까. 어느 쪽이라 해도 멍청한 죽음이라는 점은 마찬가지였지만, 그저 난 프라이데이의 오랜 친구로서 그가 좀 덜 멍청하게 죽은 쪽으로 기억하고 싶었다.

늘 고개가 약간은 갸우뚱해 있던 그의 얼굴이, 나를 부르던 목소리가, 멀어져가던 뒷모습이 가끔 떠오른다. 프라이데이가 그때 죽지 않고 여태 살아 있었다면 우리는 계속 연락해 안부를 물으며 이따금 만나 맥주를 마시고 있을까? 내 필명에 그의 별명을 붙였을까? 모르겠다. 다만, 여전히 그의 목소리가 가끔 그립다. 매주 내 만화를 보며, 주변에 있는 누군가에게 "이거 내 친구가 그리는 만화야"라며 자랑했을 텐데, 그런 그가 없다는 게 너무 아쉽다.

"

사람은 저마다의 기억으로 사람을 평가한다.

물론 그걸 비난할 생각은 없다.

같은 이유로 분명 나 역시 비난받을 테니까.

중요한 건, '나는 그를 어떻게 생각하는가' 그뿐이다.

<길에서 만나다>

어떤 종류의 의미

강원도 철원에서 춘천으로 전학한 것은 초등학교 4학년이
시작되던 때였다. 당시만 해도 고급 빌라였던 곳으로 이사한
터라, 우리 집이 이렇게 부자였던가 하고 내심 우쭐했다. 거
실에는 샹들리에와 흔들의자 그리고 고급스러운 소파가 있
었다. 시간마다 나무 뻐꾸기가 나오는 시계도 있었다. 방이
네 개나 됐고 화장실도 두 개였다. 나는 그때까지만 해도 화
장실이 두 개나 되는 집이 있다는 것을 들어본 적도, 상상해
본 적도 없던 산골 소년이었다. 사실 그 집은 할아버지 소유
였다. 할아버지는 할머니의 병간호를 위해 그 빌라로 이사를
오며 약재상에서 은퇴하셨다. 할머니가 돌아가시고 한참 뒤
에야 구두쇠 할아버지가 큰돈을 써 그 집을 산 진짜 이유를
알게 되었는데, 할머니가 한 계절 정도라도 좋은 집에서 편
안하게 생활하시기를 바랐던 어머니의 고집스러운 요청 덕
분이었다.

할아버지는 키가 작은 괴력의 사나이였고 가난한 농부의 아들로 태어난 탓에 일자무식이었다. 해방 뒤, 할아버지는 지인을 찾아 서울 종로시장에 갔으나 간판에 적힌 글씨를 읽지 못한 채 주변을 몇 바퀴나 뱅뱅 돌았다고 한다. 그걸 본 어느 장사꾼이 "이보우, 당신 뭘 그리 찾는 것이오?" 하고 물었고, 경춘상회를 찾는다고 하자 혀를 차며 앞에 있는 것이 바로 그 가게라고 일러주었다. 할아버지는 자신의 무식에 얼굴이 빨개지면서도 자식만큼은 당신처럼 키우지 않겠다고 다짐했다. 그래서 볼일을 다 본 후, 횡성 둔내에 있는 집이 아니라 춘천으로 내려가 돈을 빌려 사글셋방을 구했다. 그 당시의 춘천은 강원도 도청 소재지였고 둔내에 비하면 대도시였다. 그리고 다음 날, 짐을 실은 리어카를 끌고 가족과 함께 춘천으로 이사했다. 아버지는 이따금 그 이야기를 하시며 할아버지는 참으로 대단한 행동가라 덧붙이셨다. 만약 그때 그런 결심을 하지 않으셨다면, 자신 역시 대학에 가지 못했을 수도 있고, 이렇게 교단에 설 일도 없었을지 모른다고. 아버지는 교육의 기회를 얻었지만, 평생 농사를 짓던 할아버지는 한 줌의 땅도 없는 춘천에서 할 일을 찾지 못해 막노동 전선에 뛰어들었다. 그런 고단한 생활 가운데에 할아버지의 빛나는 재능이 툭 튀어나왔으니, 바로 산수였다. 어느 날, 약재상 앞을 지나가던 할아버지는 생각보다 약재의 가격이 높다는 사실을 알게 됐고 그날부터 약재 중간상을 시작했다. 강원도 산골에 들어가 각종 약재를 싸게 사들여 그걸 등에 이고 지고 해서 춘천의 한약방에 팔았다. 가격이 맞지 않으면 약재를 집에 쌓아두고 계절이 지나기를 기다렸다. 가격은 어김없이 뛰었다. 혹은 뛸 때까지 기다렸다. 그렇게 돈을 벌었고 춘천 효자동에 땅을 사서 집을 세 채 지어 세를 놨다. 아버지는 그 돈으로 대학에 다녔다.

성인이 된 아버지가 아르바이트로 번 돈을 들고 할머니와 가장 먼저 간 곳은 치과였다. 할머니는 젊었을 때 이미 이가 모두 빠진 상태였다. 아직도 잘 이해가 되지 않지만, 치아가 없어 틀니조차 할 수 없었다고 한다. 임플란트가 없던 시절이었다. 그래서 할머니는 저녁 식사를 마치면 늘 집 앞의 공지천을 크게 한 바퀴 산책하며 음식을 소화시키려 했고 방학 때는 늘 내가 함께 걸었다. 나는 할머니와 걷는 시간이 좋았다. 아직도 불안하고 우울할 때는 할머니와 함께 공지천을 걷던 순간을 떠올린다. 그러면 마음이 편안해진다.

어느 해, 할머니가 암에 걸리셨다는 소식을 들었다. 이미 암세포가 너무 많이 퍼져서 손쓸 수가 없는 상태였다. 철원에 살고 있던 내 가족은 곧장 할머니의 항암치료와 병간호를 돕기 위해 춘천으로 이사했다. 짐 정리가 끝나기 무섭게 어머니는 서울로 올라가 남대문시장에서 엄청 큰 어항을 사 오셨고 생전 처음 보는 열대어들을 그 안에 풀었다. 장롱부터 커튼, 이불, 식기, 고무장갑까지 모조리 새 제품으로 바꾸었다. 어머니는 화가 났다고 했다. 종갓집 맏며느리로 시집

와 온갖 고생을 하며 얻은 게 암이라니. 그 빌라를 산 또 다른 이유는 5분 거리에 춘천 유일의 대학병원이 있었기 때문이었다. 할머니는 그 집과 병원을 오가며 치료를 받으셨다. 입원해 계실 때, 몇 번인가 면회하러 갔지만 어리다는 이유로 들어가지 못했다. 나는 병원 입구에서 한참을 기다리고 있다가 경비원이 한눈을 팔면 계단으로 뛰어 올라가 할머니를 뵙고 내려오곤 했다.

어느 토요일, 학교를 나서는데 교문 앞에서 어머니가 손을 흔들고 계셨다. 전학 온 학교로 데리러 오신 건 처음이었다. 함께 집에 돌아가는 길에 어머니는 훌쩍이며 말했다. 할머니는 이제 집에서만 지내실 거라고.

할머니는 매일 소파에 앉아 수족관의 열대어를 한참 동안 구경하셨다. 아주 잠깐, 나와 함께 놀이터로 나가 바람을 쏠 때도 있었다. 하지만 계절이 바뀌면서, 자리에 누워 일어나시지 못했다. 어느 날인가는 학교에서 돌아온 나를 부르시

더니 500원짜리 동전을 하나 주시며 과도를 가져다 달라고
하셨다. 사과를 드시고 싶으신가 보다 추측하고는 시키는
대로 했지만, 할머니는 이미 앞을 볼 수 없게 됐는지 천장
을 응시한 채 손을 더듬어 칼을 집으신 후 이불 속에 넣으셨
을 뿐이었다. 그때 나는 초등학교 4학년이었지만, 그 행동이
어딘가 이상하다는 것을 알기에는 충분한 나이였다. 그래서
할아버지가 돌아오시자마자 그 일을 고백했고, 놀란 할아버
지는 방으로 뛰어 들어가 할머니에게 화를 냈다.

며칠 뒤, 아버지는 형과 나를 안방으로 불렀다. 할머니의 눈
동자가 잿빛으로 변해 있었다. 우리는 그 옆에 앉아 울고 또
울었다. 편찮으시다는 사실은 알고 있었지만, 그 병이 할머
니를 죽음으로 이끌 것이라고는 생각하지 않았었다.

할머니가 돌아가신 후, 할아버지는 나의 부모님에게 안방
을 내주셨다. 집 안에 담배 냄새가 난다고 아버지에게 핀잔
을 들은 후로는 지하실에서 담배를 태우셨다. 노인정에 다

녀오실 때마다 푼돈에 연연하는 영감탱이들이라며 욕을 하셨다. 할아버지 방에 텔레비전을 놔드리자는 어머니의 제안에는 중학생이던 형이 반대했다. 그것은 할아버지께 밖으로 나오지 말라고 말하는 셈이라고. 나는 형의 명령에 따라 적적하실 할아버지와 함께 자기 시작했다. 가끔 놀러 간다고 말할 때면 할아버지는 늘 주머니에서 동전을 꺼내 주셨다.

"애든 어른이든 그저 쓸 돈이 있어야 가슴이 펴지는 거야."

일을 그만두고, 할머니까지 떠나보낸 할아버지는 당신의 인생에 처음 찾아온 무료함을 견딜 수 없어 했다. 빌라 2층에 살던 사람이 운영하는 제법 큰 향어 양식장에 관리자가 필요하다는 소식을 듣고, 단숨에 올라가 자신을 고용해달라고 간청했고 그곳이 폐업할 때까지 일하셨다. 할아버지의 건강 비법은 운동이었다. 매일 새벽 봉의산을 올랐고 오후에 시간이 나면 또 올랐다. 그러던 중, 발을 헛디뎌 깁스를 하게 되었고, 그때부터는 방에서 홀로 화투를 치며 시간을 보내셨다. 그렇게 치매가 찾아왔다. 어느새 자란 나는 군 복무를 하고 있었다. 휴가를 나올 때마다, 할아버지의 상태는 점점 나빠지고 있었다. 그리고 우리 가족 역시 정신적으로든 신체적으로든 붕괴하고 있었다.

과연 인생이란 뭘까. 일평생 고생한 후에 받은 선물이 고작 암 혹은 치매라니. 그렇게 사는 것이 의미 있을까? 만약 내가 그런 모습이 된다면 계속 살고 싶을까? 조금이라도 아픔이 덜할 때, 세상과 그만 작별하고 싶지 않을까? 나로 인해 고통받는 가족에게 그만하면 됐다고, 날 보내달라고 말하고 싶지 않을까? 그런 생각을 할 때마다, 매일 할아버지에게 죄를 짓는 기분이었다.

할아버지에게 남은 희망은 오직 죽음뿐이었다. 이 문장을 고칠 수 있는 열 번의 기회를 준다고 해도, 단 한 글자도 바꿀 의향이 없다. 그에게 남은 희망은 오직 죽음뿐이었다. 난 매일 할아버지를 죽이는 상상을 했다. 법대에 다니는 군

대 후임에게 법률 자문도 구했다. 누군가 총대를 메고 결정을 하는 것이 옳은 일 같았다. 가족을 위해, 할아버지를 위해. 하지만 상상을 실행에 옮길 용기가 없었다. 그 대신, 더는 신에게 화를 내지 않기로 했다. 할아버지가 벽에 배설물을 칠하기 시작했지만, 한 번도 짜증 내지 않고 그를 벗기고 씻겼다.

할아버지는 3년간 치매를 앓고 돌아가셨다. 사람이 죽었지만, 누구 하나 슬퍼하지 않았다. 친지와 이웃 모두 형과 나 그리고 부모님에게 그동안 고생했다고 말했다.

장례를 마치고 어머니와 아버지는 치매 보험에 가입했다. 우리는 이런 일을 겪지 않게 하겠다는 의지였다.

어쩌면 할아버지와 할머니에게 병은 그저 죽음에 다다르는 과정이었을 뿐인지도 모르겠다. 하지만 그들과 함께한 그 마지막 시간은 분명 내게 의미를 주었다. 정확히 어떤 의미인지, 그것이 인생에 어떤 도움이 될지는 아직도 잘 모르겠다. 다만, 아직 이 길 위에 있는 내 어깨를 두드리고 등을 밀어 앞으로 걷게 해주었다.

아쉬움 없이, 후회 없이 살 수 있을까? 어떻게 살아도 그건 불가능할 것이다. 후회 없이 하고 싶은 일을 하며 살라고? 웃기지 말라고 그래라. 할 수 있으면 너나 그렇게 살아보든가. 사람이라면 누구나 가지 않은 길에 대한 미련이 남기 마련이다. 지난 시간을 후회하면서, 그럼에도 계속 걷는다. 할머니, 할아버지의 마지막이 내게 남긴 그 어떤 의미란 어쨌든 모두가 지나간 시간에 대해 허탈해하다가도, 눈물짓다가도, 한숨을 내쉬다가도, 분노하다가도, 애통해하다가도, 주저앉지 않고 엉덩이를 털고 일어나 피식 웃고 다시 걷는다는 그런 것이 아닐까 생각한다.

우리에게는 하나의 우주였던,
사랑하는 친구 롤리팝의 고양이 별 모험이 멋지기를 바라며.

———————————

좋아하는 것을 놓지 않고 오늘을 살아가는 마음
하늘이 멋져 오늘은 조퇴

초판 1쇄 인쇄 2022년 7월 1일
초판 1쇄 발행 2022년 7월 18일

글·그림 쥬드 프라이데이
펴낸이 김화정

책임편집 이소중
디자인 강경신
인쇄 미래피앤피

펴낸곳 mal.lang **출판등록** 2015년 11월 23일 제25100-2015-000087호
주소 서울시 중랑구 중랑천로 14길 58, 1517호
전화 02-6356-6050 **팩스** 02-6455-6050 **이메일** ml.thebook@gmail.com